ラルーナ文庫

真面目なアルファさんをオメガが熱愛します

不住水まうす

JN153924

三交社

CONTENTS

Illustration

小路 龍流

真面目なアルファさんを
オメガが熱愛します

本作品はフィクションです。
実際の人物・団体・事件などにはいっさい関係ありません。

『離して！』

悲痛な声を響かせながら、女性が男の手を振り払う。拒絶された男は、諦《あきら》めきれないとでもいうように必死な声を出した。

『どうしてなんだ。俺たちは運命のつがいなのに』

『そんなの関係ない。私はもう、ソウタさんのものなの！』

決然と言い放つものの、女性はつらそうに震え、涙をにじませる。男はその涙を見るなり強引に女性を腕の中にかき抱き、その唇を奪った。

そんなシーンを大きな画面いっぱいに映す家電量販店のテレビの前で、白藤綾斗《しらふじあやと》はさっきから足を止めていた。

録画してあるので、今こんなところで途中から見る必要はないのだが、あまりにいい場面で、つい見入ってしまっていた。

主人公の女性はオメガで、男はアルファ。

ベータの夫がある身なのに、運命のつがいである男に出会ってしまい、優しいベータと情熱的なアルファの間で主人公が揺れ動くメロドラマだ。

内容はベタだが、綾斗はこういう恋愛ドラマが大好きで、いつも主人公にどっぷり感情移入して見ていた。

人類には、他の動物とは違い、男女の性別の他に、バース性という第二の性別がある。

アルファ、ベータ、オメガ。この三種類だ。

アルファは人口の一割程度で、能力に優れた者が多く、政治や経済界など、あらゆる分野の上層部を占めている。

ベータは人口の八割を超える、いわば人類のスタンダードだ。

そしてオメガは人口の一割以下で、女だけでなく男も妊娠できる。オメガには発情期があり、その期間はアルファとベータの一部をフェロモンで強く誘惑してしまう。この厄介な体質のため、歴史的に差別を受け続けているが、偏見は時代とともに徐々に緩和してきており、特にオメガ女性の社会的地位の向上は顕著だ。

だからこそ、オメガ女性が主人公になって素敵な男性に愛される物語がドラマになるわけだ。

アルファ役の男優は実際にアルファで、ため息がもれそうなほどかっこいい。綾斗は男だがオメガなので、女性より男性の方が恋愛対象になる。だから、主人公の女性と一緒になって、恋のお相手に一喜一憂できた。

「綾斗は好きだねー、こういうの」

一緒に店に来ていた友人の加宮《かみや》が、あきれたように言いながら隣に来る。加宮とは高校からの腐れ縁だ。綾斗も加宮も男オメガということで仲間意識があり、二十一歳になった今も、こうして一緒に遊ぶ仲だ。

「サエズミリョウが好みなんだ？」

「好みっていうか……まあ、かっこいいよね、文句なく」

少々名残惜しいが、大画面のテレビから離れ、加宮と歩き始める。続きは家でゆっくり見ることにしよう。

家電量販店を出ると、夜の冬空は寒く、吐く息が白く曇る。今は一月の中旬だ。

「ちょっとサエズミ似のアルファの人、知り合いにいるよ？　今度会ってみない？」

「え、会わない」

綾斗が当たり前のように即答すると、加宮は不服そうに口をとがらせた。

「なんでだよ」

「そんな人が、僕を気に入るわけないから」

「その人、男オメガOKな人なんだって」

「いい」

きっぱり断ると、加宮はじとりとこちらを見た。

「綾斗、今から諦めるのは人生捨てすぎだって。綾斗は綺麗《きれい》なんだからさぁ」

それは関係ないな、と思う。

ショーウィンドウに映った自分の姿を見るともなしに見る。

大きな目に、長い睫毛《まつげ》。どちらも黒ではなく、髪も含めて茶色がかかっていることで、軽やかな印象を与える。細工をしているわけではなく、色素が薄いのは生まれつきだ。小柄で華奢《きゃしゃ》で可憐《かれん》……という、男オメガとして理想的な外見のため、羨《うらや》ましがられることはあるが、それは男オメガの仲間内だけの話だ。

綾斗は過去に一年ほど婚活に励んだ時期があったが、その結果は惨憺《さんたん》たるものだった。外見がどうあれ、綾斗はモテない欠陥品《ハズレ》のオメガなのだ。

「じゃあさ、綾斗はどんな人ならやる気出るわけ？」

「運命のつがい」

迷わずそう答えると、加宮は、はぁ、とため息をついた。この手の会話はもう何度も加宮としていた。

運命のつがいとは、出会った瞬間に互いに惹《ひ》かれ合うアルファとオメガのことだ。

遺伝子的な相性が最高になる相手と言われており、この二人がつがいになると、強固な絆《きずな》で結ばれ、オメガは通常のつがいより大きな力をアルファに与え、アルファは脇目《わきめ》も振らずに生涯そのオメガだけを愛するという。要するに、絶対に幸せになれる相手、というわけだ。

「そんなの、出会えるわけないじゃん」

加宮の言葉に、まあね、と小声で返す。

運命のつがいに出会える人は、ほんの一握りしかいない。わかってはいるけど、ハズレオメガの自分としては、もう運命のつがいに出会うぐらいしか、誰《だれ》かと一緒になれる気がしないのだ。

「一生一人でもいいってわけ？　一人でこれからどうするの？」

「プログラムやる」

何も考えずに、その言葉が出てくる。今の自分の仕事だ。

高校を卒業してから今まで三年、派遣でプログラマーをやっている。

「一生仕事するってこと？　オメガが働いても、給料上がんないよ？」

「別に、今のままでも食べていけるし」

「ぎりぎりで、でしょ」

その通りだった。給料はそれなりだと思うが、一人暮らしだとやはりきつい。現状、ほとんど貯金はできていなかった。

「そんな生活続けても先がないよ。アルファかベータと結婚して、子供産む方がよっぽど現実的」

それもその通りだった。

加宮は現在、大学生だ。大学まで行かせてもらえる男オメガは少ない中、四年制大学に行けているのは、加宮の親に理解があり、経済的余裕があるおかげだ。そんな加宮でも、卒業するまでには相手を見つけて、結婚するつもりでいる。

若いうちに子供を産んで、子育てを通じて社会の一員となる。それを否定する気はない。むしろオメガとして立派であり、周囲に望まれる生き方だと思う。

ただ、その選択肢しかないと息苦しい、というだけのことだ。無理なく結婚、子育ての道を進めるなら、それに越したことはない。

自分は無理だろうけど。

「でも……ちょっと羨ましいかも」

ぽつりとそんなことを言われ、綾斗は軽く目を瞠《みは》った。

「そこまで言える仕事に就いてるんだよね、綾斗は」

そう。

そうだ。

改めて思うと、自分でも驚く。一生続けたいと思う仕事を、今、自分はできているのだ。

以前からそうだったわけではない。

三年前、このＩＴ業界に入ったのは、プログラムをしたかったからではなく、それしか選択肢がなかったからだ。

オメガはまともな仕事に就くことができない。オメガの仕事といえば、風俗しかなかったぐらいだ。

そんな状況に変化が見え始めたのは数年前、画期的な抑制剤が世に出てからだ。

その抑制剤を飲めば、発情期の発情を抑え込め、周囲にフェロモンをまき散らすこともない。この薬が効くオメガなら、発情期中も普通に仕事ができる。綾斗も、その薬の恩恵にあずかれた一人だ。

しかし、画期的な薬が出ても、世間の認識は急には変わらない。オメガは採用お断り、という業種の方がまだまだ多い。

そんな中、抑制剤の効くオメガを真っ先に受け入れたのが、人手不足のＩＴ業界だった。人手不足の業界は他にもあるが、その中でもＩＴ業界は接客業でなく、力仕事でもないことから、オメガを受け入れやすかったのだ。だから綾斗もこの業界に入った。

最初は離職率の高い、環境の悪い会社にばかり派遣された。しかもオメガということで職場の人から仲間外れにされ、ろくに教育もしてもらえなかった。取引先の二次請けから丸投げされた仕事をひたすら見よう見真似《みまね》でコーディングするだけで、やりがいも見いだせず、生活のために消耗する日々が二年続いた。

それが変わったのが、現在派遣されている会社であるラボシステムで、そのソースコードを見た時だ。

そのプログラムは、美しかった。

明快で、無駄がない。

流れるように書かれたコード。

そして説明コメントが実に的確だった。他人が書いたプログラムなんて、理解に四苦八苦するものなのに、初見ですらすらと処理が頭に入ってくる。

コーディングはただ早ければいい、とりあえず動けばいい。そんなプログラムしか見てこなかった綾斗には衝撃だった。

このプログラムは、後に引き継ぐ人のために書かれている。

そう気づいた時、目の前に積まれる仕事をただ闇雲《やみくも》にこなすだけだった日々に、一筋の光が差し込んだように感じた。

自分も、こんなふうに書きたい。こんなふうに書けるプログラマーになりたい。

自分に必要だったのは、自分の先を行く、手本となる人だったのだと、その存在を得て初めて気づいた。

それからは、その人のプログラムを真似るようになった。その人が手がけたプログラムを貪《むさぼ》るように読み、新たな書き方、新たなテクニックを吸収していった。

「実はさ、四月から正社員になれるかもしれないんだ」

「嘘《うそ》、すごいじゃん！」

加宮の素直な感嘆の声に、綾斗は照れた。

派遣先での働きが評価され、このまま何事もなければ、四月からは派遣先で正社員として働けることになったのだ。

すごく嬉《うれ》しかった。

ラボシステムでは、オメガだからといって冷遇を受けたことがない。こんな職場でずっと仕事ができたらいいのにと思っていた。

「え、なんで？　何がよかったの？　……って、綾斗ががんばったからか」

それもあるけど。

綾斗は、はっきりと、頭の中にその文字を思い浮かべた。

『Created by S.Kujo《エス・クジョー》』

ソースコードに書かれたその作成者の表記が、どんなに尊く、頼もしく見えたことか。

綾斗に目指す道を示してくれたS.Kujoは、綾斗にとって、プログラムの神様だった。

綾斗の派遣契約の期限は三月末までだった。今までの自分のままだったなら、今回の派遣先はたまたまいい会社だった、というだけで終わっただろう。それが正社員に、という話が出るまでに自分が成長できたのは、間違いなく――。

「S.Kujoのおかげだよ」

その名前を口に出すと、誇らしい気持ちになる。自然と口元がほころび、笑顔になる。
S.Kujoのことは、これまでも時々加宮に話していた。加宮は綾斗の緩んだ顔を見ながら、ふと聞いてきた。

「ねぇ、そのS.Kujoって、アルファ?」

聞かれて、面食らう。思わぬ質問だった。

「……ああ、うん。そうだけど」

すると加宮は途端に、にやっと笑った。

「なぁんだ、綾斗にもいるんじゃん。気になる人」

言われて、すぐには話が飲み込めなかった。

「え?　……いやっ、違うって!　S.Kujoはソースコードの中だけの人だよ?」

「きっかけなんてなんでもいいよ。プログラムから始まる恋があってもいいじゃん」

「いや、ないよ。ない」

「何歳?」

「何歳って……ええと……二十七……かな。……っていうか、僕、顔も知らないし」

「だったら調べればいいじゃん。元は綾斗の会社にいた人なわけでしょ?　今どこにいるか、探せないの?」

「それは、探そうと思えば……S.Kujoのお兄さんが会社にいるから、その人に聞けばわかるかもしれないけど」

「え、ちょっと待って。なんで兄弟で同じ会社にいるの?　偶然……じゃないよね?」

「うん。S.Kujoとそのお兄さんは、社長の息子さんだから」

加宮は目を丸くした。

「何それ、社長の息子⁉」

うん、と頷《うなず》きながらも、自分で言っていて変な感じだった。
S.Kujoが社長の息子であることは知識として知っていたが、それをこんなふうに口に出すと、なんだか違和感がある。
S.Kujoはプログラムの神様で、だから、自分とは交わらない違う次元に住んでいる。
綾斗にとってはそういう感覚なのだ。

「すっごい玉《たま》の輿《こし》じゃん⁉　なんだよそれ、絶対会いにいくべきだって！」

「会いにいくって……」

憧《あこが》れはある。遠目に姿を見られるものなら見てみたいという気持ちもある。けれど、自分が話しかけたいなどとは思わない。

結局、会いにいけと何度も言われつつ、無理だし行かないと答えながら帰路についた。


「おはようございます」

綾斗はいつも通り挨拶《あいさつ》をしながら、オフィスビルの一角にある会社に足を踏み入れた。ラボシステム株式会社。従業員四十人ぐらいの中小企業で、綾斗が派遣されている会社だ。社員の人たちは略して「ラボ」と呼んでいる。

綾斗はシステム部にある自分の席に鞄《かばん》とダウンジャケットを置き、パソコンを起動して、給湯室に向かった。

もうすっかり慣れた手つきで、コーヒーメーカーにコーヒーと水をセットする。当番というわけではないのだが、コーヒーを飲む人の中では綾斗が一番早く出社するため、朝一のコーヒーは自然と綾斗が毎日セットするようになっていた。

「やあ、白藤君。今日もコーヒーがいい匂《にお》いだねぇ。おはようー」

マイペースな、のんびりとした声が後ろからかけられる。そのノリに合わせて緩く対応する社員も多いことは知っているが、自分はまだ派遣だし、何よりオメガだ。綾斗は立場をわきまえて笑顔を作り、はきはきと挨拶しながら振り返った。

前髪が少し長めでふんわりとセットされた髪型に、優しげな目元。それに細いフレームのメガネが加わって、なんとも癒《い》やし系な顔になる。身長は百八十近くあるが、ほっそりとしていて、まったく威圧を感じない。三十歳とは思えないほど若々しく、まさに子供の頃に抱いた「お兄さん」というイメージがぴったりの人だ。

九条《くじょう》冬重《ふゆしげ》営業部長。正式には取締役営業部長というらしい。社長の息子だが、社長はいつも親会社の方にいるので、このラボシステムでは実質のトップであり、アルファだ。

優しげで、生まれつきのエリートというアルファのイメージとは少し違うが、こう見えて、かなりの人たらしだ。

社内で好かれているのはもちろんのこと、ひとたび営業に出向けば、帰る時には事務員の女性陣全員に「お兄さん、お兄さん」と慕われるスキルを持つ。顧客担当者からの信頼も厚いらしい。

ビジネスはウィンウィンじゃないとね、が口癖で、「おたくのシステムを導入したい」と呼ばれていけば、「御社にうちのシステムは必要ありません」と説得して帰ってくることもままあるという、超顧客目線な人だ。それでこの前も副社長の羽柴《はしば》と、

「また断ってきたのか⁉」

「だってあそこ、うちのシステム合わないしぃ。あ、違うところの紹介してきたから」

「このぼんくらアルファがぁぁぁ‼」

という会話をしていた。ちなみに副社長はベータだ。

それでも口コミで部長の誠実さは伝わっていて、ラボシステムでは売り上げナンバーワンの営業である。

そして、この人がS.Kujoの兄でもある。

知識としては知っていたが、それを意識したことはなく、なんだか新鮮な思いだ。

部長は給湯室に置いてあるマイカップを取りながら、「ところでね」と話しかけてきた。

「白藤君には、明日、大学に行ってもらうことになったから」

「え、そうなんですか」

今週になって、綾斗は新しくデータ連携のプログラムを作ることになっていた。近くの大学で、新システムを四月から稼働させることになっていて、その新システムに既存システムからデータを送るプログラムだ。

ラボシステムは、その新システムの開発元であるＪＣＩＳの販売代理店でもあり、ＪＣＩＳと大学の間に入って橋渡し的な仕事を行っている。既存システムとの連携プログラムを作るのも、販売代理店としての業務の一環だ。

そして、そのプログラムの仕様は先輩社員の日野原《ひのはら》がすでに手をつけていたのだが、日野原に急ぎの仕事が入ったため、急遽《きゅうきょ》、仕様も綾斗が担当することになったのだそうだ。

仕様を作るためには、大学の担当者と、ＪＣＩＳのシステムエンジニア、この二人とやり取りする必要がある。大学に行くのは、顔つなぎの挨拶と、今後の打ち合わせのためだ。

「僕が社外の人とやり取り、ですか」

綾斗にそんな経験はない。

しかも、ＪＣＩＳは一部上場の大手システム開発会社だ。そんなすごそうなところのＳＥ《S　E》と、自分がちゃんと話ができるのだろうかと、つい不安を覗《のぞ》かせると、部長が明るい声で言った。

「大丈夫。大学の担当者からの聞き取りはすんでるし、ＪＣＩＳのＳＥっていうのは、うちの元社員だから」

「あ、そうなんですか？」

それなら、と思わずほっとした声を出すと、部長はにっこり笑った。

「九条重春《しげはる》。僕の弟だよ」

どくんと、心臓が大きく脈打つ。
S.Kujoだ。
システムのソースコードが脳裏に浮かぶ。S.Kujoの脳内イメージはそれだった。

あの神々しいソースコードの人に、自分が会う？　明日？

それからは動転して、何を話したかあまり覚えていない。「それじゃ、よろしくね」とマイカップにコーヒーを注《つ》いで去っていく部長を、ぼんやりと見送る。
S.Kujoの「S」って、「しげはる」だったんだ。
考えなければならないことは山ほどあるはずなのに、今はそれしか思い浮かばなかった。

翌日の午前中、綾斗は日野原と大学に来ていた。

大学の校舎に入り、丸テーブルと椅子《いす》が並んだ多目的スペースに入る。学生たちが自習などに使う場所のようだが、今は誰もいない。

綾斗は椅子に座り、まるで注射の順番を待つ子供のような心境で、避けがたいその時を待っていた。
S.Kujoと会える。
それは凄《すさ》まじいストレスを綾斗に与えていた。

綾斗だってS.Kujoに会いたいし、話したい。少しでもいい印象を持ってほしいし、できるものなら今までの感謝を伝えたい。

昨日、仕事帰りにスーツを買いにいった。吊《つ》るしのスーツだが、今までで一番高いスーツを、セール対象じゃないのに買った。ワイシャツも買った。ネクタイも買った。靴下も買った。意味がわからないが下着も買った。勢いで菓子折まで買って帰った。そしてふと気づいた。

自分が元いた会社から来た、見知らぬ男から、「貴方《あなた》は僕の神様です」と言って菓子折を渡される。

怖い、怖すぎる。ホラーだ。

それに気づき、すんでのところで菓子折を持参するのは踏みとどまった。

そして今、全身新調した服に身を包み、一番上に着古したダウンジャケットを羽織っているという意味不明な格好で、綾斗は縮こまっていた。

もはや何も言うまいと、綾斗は固く決めていた。

相手は神のようなアルファなのだ。いや神なのだ。自分のようなハズレオメガが相手にされるはずがない。きっと何を言っても気分を害されるのがオチだ。

大体、これは仕事だ。ファンがアイドルに会いにいくイベントではない。

それに、まだまだビジネスの場にオメガは場違いという風潮もある。変なことを言って関係を悪くしたら、正社員の話が飛ぶ。

自分は石だ。へのへのもへじだ。S.Kujoの記憶に残るようなことは一切するなと自分に言い聞かせる。

S.Kujoと顔を合わせるのは、多分、この一回だけだと聞いている。あとは電話かメールでやり取りをして終わりだ。嫌われなければいい、ただそれだけだと必死に念じた。

「お前、S.Kujoに会えるからって、緊張しすぎじゃね?」

日野原があきれたような目を向けてくる。綾斗がS.Kujoのソースコードを好んで真似ていることは、システム部の人には知られていた。

「相手がアルファだからってさ……別に、普通に、ずっと憧れてましたって言えばいいんだよ」

そんなことをさらりと言われて、ぎょっとする。

綾斗がS.Kujoに対する憧れを社内で秘密にはしていないのは、S.Kujoがソースコードの中だけの人だったからだ。それが、仕事で実際に会って、「ずっと憧れてました」なんて言ったら、「オメガが仕事をするのは玉の輿目当て」などと揶揄《やゆ》されかねない。オメガとは常にそういう目で見られるものなのだ。

綾斗が正社員になる話だって、実際になれるまでは油断できない。システム部の部長と九条部長が賛成して決まったものの、副社長の羽柴は反対だったと噂《うわさ》で聞いている。他の社員だって内心ではどう思っているかわからない。変なことをして、足下をすくわれたくはなかった。

「いえ、あの、仕事ですので。余計なこと言うつもりはないです、はい」

「……あそう」

日野原はちらりと腕時計を見ると、

「まだ時間あるな。俺、トイレ行ってくるわ」

そう言って席を立った。

え、と心細い気持ちでその背中を見送る。日野原は廊下を曲がって見えなくなった。

なんか嫌な予感がするんですけど。これ僕一人の時に、S.Kujoが来るんじゃ……？

今になって、S.Kujoがどんな姿なのかと想像し、かつて婚活で出会ったアルファたちを思い出した。

精悍《せいかん》な顔立ちで、冷徹な目をしている。隙《すき》のないスーツ姿で現れ、アルファのオーラを放ち、相手を絶えず緊張させる。そして研ぎ澄まされた視線をこちらに向け、綾斗がどの程度の人間か瞬時に品定めするのだ。

それを思い出し、ぞくりと背筋が寒くなる。もし神話の神々が現世に降臨したらこういう感じじゃないかな、と思う。綾斗のイメージでは、神とは万能で無慈悲なものだ。だからきっと自分が神と崇《あが》めるS.Kujoも、そういうアルファに違いない。

その時、かつんと音がした。

人気《ひとけ》のない廊下にかつん、かつん、という音がよく響く。しかも、廊下を曲がった向こうから聞こえてくるので、音の正体はわからない。そしてこちらに近づいてくる。

どっ、どっ、と、綾斗の心臓が体の中でバウンドする。緊張しすぎて今すぐ逃げ出したい心境なのに、目を離せない。

果たして姿を現したのは――松葉杖《まつばづえ》をつき、左足にギプスを巻いた、コートにスーツ姿の男だった。

その予想外の姿に、目が釘《くぎ》づけになる。

金属製の松葉杖を両脇に挟み、二本の松葉杖を同時に前に出しては、一歩一歩、こちらに近づいてくる。顔が判別できる距離まで来たところで、目が合った。

烏《からす》の濡《ぬ》れ羽《ば》色のような黒い目に、黒い髪。前髪は上げていて、男らしい端整な顔立ちが遮るものなくよく見えるが、表情がない。人形のように生気のない目でこちらを見ている。

いつの間にか、綾斗は椅子から立ち上がり、とととっと駆け寄っていた。無意識の行動だった。それを目で追いながら男は言った。

「ＪＣＩＳの九条です。そちらは、ラボシステムの？」

やっぱりこの人が……S.Kujo……っ。

「は……はいっ、ラボシステムの、白藤です」

心臓がどくどくと、早鐘を打っている。

松葉杖も驚いたが、その生気のない蒼白《そうはく》な顔の方が衝撃だった。顔立ちが整っているだけに、どこか浮世離れしているというか、この世に生きていない感じがする。

「日野原さんは？」

「日野原さんは、トイ……席を外していて」

「トイレか。そちらで待たせてもらっても？」

「は、はい」

綾斗はさっきのテーブルに戻って、自分と日野原の荷物を取ってくると、九条に一番近いテーブルにそれを置いた。九条のために椅子を引くと、九条はゆっくりと松葉杖をつきながら椅子の横に来た。

並ぶと背が高いのがわかる。百八十は超えているだろう。体には厚みがあり、ほっそりした兄とはまた違う。でも、こんなにも体格はいいのに、アルファのオーラはないに等しい。研ぎ澄まされた視線もない。隙のないスーツ姿、どころか、ギプスを巻いているため左足はサンダルだった。

あまりに想像外の姿に、さっきから目が離せない。

「あ、あの、その足……」

「ああ。先月、ちょっと」

話題にしたくなさそうな雰囲気を感じて、「足、大丈夫ですか？」とも続けられない。顔色の悪さも気になるが、初対面なので、この生気のなさが異常なのか通常なのかもわからない。

横でおろおろしている綾斗をよそに、九条はテーブルに松葉杖を立てかけ、座るのかと思ったら、背広の内ポケットから名刺入れを取り出した。

え……僕と名刺交換？

てっきり、大学の担当者とだけ交換するものと思っていたので驚く。だって僕は、オメガなのに？

綾斗は、「男オメガならこう」とイメージされる通りの外見のため、オメガだと気づかれやすい。特にアルファには大抵一目で看破されるので、九条も気づいているだろう。

オメガでも、ビジネスパートナーとして接してくれるんだ。しかも、松葉杖をついてる状態なのに、座りもせずに、ちゃんと立って。

そんな真っ当な対応をされてむしろ焦りながら、昨日買った名刺入れから、昨日支給されたばかりの名刺を取り出した。

両手で胸の高さで持ち、名刺を差し出して頭を下げる。家で何十回も練習した。

「ラ、ラボシステムの白藤綾人と申します。よろしくお願いしますっ」

渡すだけで精一杯で、名乗りも早口になってしまう。顔を上げると、九条はこちらを静かに見ていた。目が合うと、わずかに微笑《ほほえ》む。

「お名刺頂戴《ちょうだい》します。私は株式会社ＪＣＩＳの九条重春と申します。よろしくお願いいたします」

綾斗は口を半開きにして見上げていた。

かっこよすぎる。

営業スマイルだとわかっていても、目を合わせて微笑まれ、脳が沸騰しそうになる。顔が赤くなっていくのが自分でもわかった。

それを見て、名刺を差し出したままの九条は怪訝《けげん》そうにした。

「……どうぞ？」

「あ、は、はいっ」

慌てて受け取り、マナー本の記述の通り、もらった名刺はテーブルの上に置く。九条もそうしていた。そして二人で椅子に座った。

沈黙が落ちる。

話したいことなら山ほどある。けれど、何を言っていいかわからず、また焦る。

「……ラボシステムには、いつから？」

九条が名刺を見ながら聞いてくる。話題を振ってくれたのがわかった。

「え、あ、僕、四月から来てて、ほんとはまだ派遣社員なんですけど、今度、正社員になれる予定で……あの、来年度の四月から……」

自分でもいたたまれなくなるほどたどたどしく言うと、九条は顔を上げ、その青白い顔を緩めて笑ってくれた。

「そうですか。それはよかったですね」

さっきの営業スマイルよりも、わずかに親しみが込められているように感じられ、どくんと心臓が跳ね上がった。

この人は、なんて人間らしいのだろう。

神様なのに、こんなにも普通に接してくれる。同じテーブルについて、言葉を交わせて、手を伸ばせば触れられる場所に、いる。

顔が熱を帯びていくのがわかる。

どうしよう。こんなの、信じられない。

まともに相手にされるわけないって、思ってたのに。

「あーっ、九条さん、来てたんすか」

そこに日野原が戻ってきて、打ち合わせが始まった。


かつては、綾斗も現実の恋愛に憧れていた。

綾斗の父はベータで、母もベータ。さらに言えば兄も祖父母もベータだが、中学の時、綾斗はオメガだと判明した。

歴史的に長らく、子供のバースは血筋で決まると思われてきた。実際、アルファが生まれやすい家系というものは確かに存在する。しかしオメガについてはメカニズムが解明されておらず、どういう親から生まれるのか、いまだに法則がよくわかっていない。

従って、綾斗がオメガであっても別におかしくはないのだが、父母は困惑した。うちの子に限ってそんなと、世の親は思うものなのだろう。

同じオメガでも、女オメガと男オメガでは、社会的地位が全然違う。

女オメガの場合、就職差別を受けるのは男オメガと同じだが、結婚についてはここ数十年で大きく事情が変わった。昔は「オメガが産んだ子はオメガになりやすい」という迷信があったが、それが科学的に否定されたため、男アルファはつがいにできるオメガの女性を妻に望むようになり、今では女オメガは裕福な男アルファと結婚できることが多くなっている。

それに対して男オメガは、そもそも少数派《マイノリティ》だ。バースによって男女比は違っていて、アルファは女が少なく、オメガは男が少ないのだ。このため、「男なのに子を産む」ことは奇異の目で見られ続け、歴史的に忌避されてきた。そういう差別意識は現在も残っていて、男オメガはどのバースからも結婚したいと望まれず、就職差別もあるため、風俗に行くしかないという状況になりやすい。女オメガとは雲泥の差だ。

綾斗がオメガだと判明してから、母は友達や親戚《しんせき》に、兄の話はしても、綾斗の話は一切しなくなった。「お兄ちゃんはベータなのに」、「せめて女の子だったらよかったのに」。事あるたびにそう言われた。

早く家を出たかった。

ベータの家庭で居場所を失った綾斗は、自然とアルファとの恋愛に憧れるようになった。アルファとオメガの間にしかない、つがいという特別な絆。つがいになれば、オメガのフェロモンはつがいのアルファにしか効かなくなり、アルファはつがい以外のフェロモンにあまり反応しなくなる。そんな特別な関係になれば、自分にも居場所ができると思っていた。

だが、そんな浅はかな幻想はあっさり崩れ去った。

中学三年の時、綾斗は東谷《とうや》というクラスメイトのアルファにうなじを噛《か》まれた。

東谷は王子様のようにかっこいいアルファで、綾斗は恋心を抱いていた。その気持ちを知られ、戯れに噛まれたのだ。

つがいが成立するのは、オメガが発情期を迎えてからであり、綾斗はまだだった。だから、ただの子供の遊びですむはずだったのに、何日経ってもうなじの噛み痕《あと》は消えなかった。

つがいが成立したのかもしれない。

発情期のオメガのうなじをアルファが噛むとつがいになる。これは確実につがいになるための条件であって、これ以外の条件でつがいになるケースも希《まれ》にある。だから、遊びでうなじを噛むのは危険な行為なのだと、保健室で聞いて初めて知った。

それを東谷に話したが、「男オメガなんかとつき合う気はない」と、ろくに取り合ってもらえなかった。つがいを一人しか持てないオメガと違い、アルファはつがいを複数作ることができる。受け止める深刻度はまるで違っていた。

東谷だけではなく、父母も何もしてくれなかった。東谷の親に何か言うようなこともせず、つがいが成立したかどうかも不確かなのに、そんなことで騒ぐこと自体が恥ずかしいという感じだった。

つがいになった場合、オメガは発情期にはつがいのアルファしか受けつけない体になる。しかも発情期以外は、女オメガは妊娠率が低くなり、男オメガの場合は妊娠できない。つまり、つがいのアルファに捨てられれば、オメガは誰かと愛し合うことが非常に難しくなる。

そんな人生を揺るがす大事件なのに、誰もまともに取り合ってくれないことに綾斗は愕《がく》然《ぜん》とした。自分は男オメガだから適当にあしらっていい、どうでもいい存在なのだと、痛烈に思い知らされた。

結果的に言うと、つがいは成立していなかった。高校生の時に発情期を迎えたが、綾斗のフェロモンは他のアルファにも効力があった。薄く東谷の噛み痕は残っているが、それはただの傷跡なのだろう。

つがいが成立していなかったとわかり、綾斗は高校卒業後、すぐに婚活を始めた。こんな行きずりでつがいにされる危険があるぐらいなら、早く結婚したかったのだ。婚活の方法はいろいろあるが、綾斗は「マッチング」を選んだ。

マッチングとは、国が運営するオメガ専用の婚活システムで、そこに登録すると、オメガとの結婚を希望する相手とデータのマッチングが行われ、条件に合う相手と会い、その場で性交して相性を見るというものだ。

オメガとの結婚を希望する相手というのは、ほぼ百パーセント、体の具合がいいかどうかを最重要視する。だからこれが一番効率がいいのだ。しかし結婚する気のない遊びの男も多数利用しており、「公の売春施設」とも裏で言われている。それを承知の上でマッチングを選んだ。自分は男オメガだから、普通に婚活をしても駄目だと思ったからだ。

そこで何十人の相手とセックスしただろうか。もう覚えていない。

相手の半分は遊びだった。そして残りの半分には選ばれなかった。

お断りされる理由は共通していた。「オメガにしては、セックスがよくない」。

そう言われて、セックスの講習を受けた。発情期にマッチングをしたこともあったが、それでも駄目だった。何回か続いた相手もいたが、最後は「しっくりこない」と断られた。

アルファの人は、何よりも自分の感性や本能を信じる人たちだった。匂いが好みか、体の相性がいいか、そういうことを重視していて、綾斗の中身など気にもとめていなかった。

それはつまり、せいぜいオメガは愛玩《あいがん》対象であり、人格のある一人の人間として見ていないということだ。そして優秀そうなアルファほど、そういう傾向が顕著だった。

アルファにとって、自分はそういうものなのだと理解した。

女オメガは知らないが、少なくとも男オメガは、オメガとしての性能がすべてなのだ。綾斗の人格や人柄など誰も見ていない。綾斗のオメガとしての性能が望む水準に達しているかどうか、評価はそれだけであり、人間らしい触れ合いなど望むべくもないのだ。

それを思い知って以来、綾斗は恋をしなくなった。

オメガとしてハズレの自分を愛してくれる人なんて、誰もいない。いるとしたら、会えるかどうかもわからない、運命のつがいだけだろう。

だから、恋愛を楽しめるのは、運命のつがいと結ばれるドラマの主人公に自分を重ねて一喜一憂する時だけ。

そう思ってきたのに。


午後、綾斗は再び、大学の多目的スペースで九条と向かい合って座っていた。

午前中は、九条と日野原の三人で打ち合わせをして、大学の担当者に挨拶をし、大学の食堂で昼食をともにした。その間、ずっと綾斗はどきどきしていた。S.Kujoと一緒に食べたこの学食の味は一生忘れまいと思ったが、興奮のあまり、味はまったくわからなかった。

九条の骨折の経緯については、日野原が昼食の時に教えてくれた。先月、ラボシステムの忘年会があり、その時、兄である部長が九条を居酒屋に呼んでいたのだが、帰りに部長が酔っ払って階段から落ちそうになり、それを九条が助け、代わりに落ちて骨折したそうだ。

　え、マジで？　と思う。

　自分にも兄がいるが、兄が目の前で階段から落ちたとしても、助けられるかどうか甚だ疑問だ。とっさに判断できるという意味でも、動いて間に合うという意味でも、アルファはすごすぎる。

　それと、九条の顔色はやはり普通ではなかったようだった。日野原が心配して、九条が問題ないと言う。そんな会話をもう三回ぐらい繰り返していた。

「部長に、九条さんの様子を教えてくれって言われてんのに、なんて答えたらいいんすか」

「元気にやっていたと言っておいてくれ」

「それ虚偽報告っすよ」

「兄貴に心配をかけたくないんだ。頼む」

　日野原は根負けしたようにため息をつき、「それじゃ白藤、九条さんにあんま負担かけんなよ」と言って先に帰っていった。

　だから今は、九条と二人きりだ。

　これから新システムの仕様を教えてもらうのだが、それなりに時間はかかる。体調は本当にいいのかと思っていると。

「ご心配なく。仕事をしている時の方がまだ調子がいいですから」

今、やせ我慢を聞いた気がしたが、九条は仕様の説明を始めてしまった。

それから、あっという間に時間は過ぎた。

事前に渡されていた資料を読んだ状態ではよくわからなかったが、九条の説明により、システムの全体像が頭の中に組み上がっていく。綾斗が作るのはデータ連携の部分だけだが、全体像を知ることでより理解が深まる。プログラムを作る前から、これほど明確に内容を頭に描けたのは初めてのことだった。

これがS.Kujoなのか、と思った。

すごい人だとわかっていたが、人に教えるのもうまい。「仕事をしている時の方がまだ調子がいい」とのことだが、綾斗から見れば、これが絶好調じゃないのかと驚くほどだ。

この時間が楽しくて仕方ない。もっと聞きたい。もっとこの人と話していたい。

打ち合わせの予定時間を過ぎても名残惜しく、九条が大学のサーバー室に移動して更新作業を始めても、その横でデータ連携とは直接関係ない質問を続けさせてもらった。

「こちらの作業は終わりました」

タンッとEnterキーを押した後、九条はサーバー操作用のディスプレイとキーボードをたたんでラックに収納した。

サーバー室は、サーバーを収納した黒いラックがずらっと並んでいる部屋で、窓もない密室だ。大学の職員が入ることもまずないので、この場も二人きりだった。

「今日は本当にありがとうございました」

綾斗は深々と頭を下げた。時刻はもう午後五時で、予定よりかなり長く話していた。九条はこちらに目を向け、眉《まゆ》をひそめた。

「……一つだけ、いいか」

不意に口調が変わる。どきっとした。

「は、はい」

「君はオメガだよな。発情期にアルファと二人きりになるのはやめろ」

思ってもいなかったことを言われ、とっさに言葉が出なかった。

確かに今、綾斗は発情期だった。四日目だ。ただ、ほとんど症状がないため、自分の意識からも抜け落ちていたほどだ。

「わかる……んですか？　そんなの」

「オメガだというのは一目でわかった。発情期の匂いは、さっきまで気づかなかったが、今は甘い匂いがしている」

抑制剤を飲み始めて以来、他人に発情期だと気づかれたことは一度もない。それぐらい、綾斗は抑制剤がよく効く体質だった。

なのに、どうして？

「薬の効きが悪い日だってあるだろう。君は無防備だ。オメガにはわからないんだろうが、誰かが発情期だとわかるだけで、アルファはムラッとくるんだ。それが、二人で話すのに発情期で、しかも密室になるサーバー室にまでついてきて……。そんなことされたら誘っているとしか思えない」

え。

言われて、焦った。

フェロモンがもれていることに気づかないふりをして、アルファを密室に誘い込む。そんなの、ビッチと呼ばれる類《たぐ》いのオメガがすることだ。

仕事の場で、「これだからオメガは」と言われまいと日々気をつけてきたのに、まさか自分がそんなふうに思われるなんて。

「それに最初に会った時から、私を見て顔を赤らめたり、声を上ずらせたり……、私に気でもあるのか？」

ど直球に言われて、ぼっと頰《ほお》が熱くなった。

「気、気なんて、ありませんっ！」

反射的に言い返したが、九条は疑わしそうな目を向けてくる。何か答えなければと、綾斗はとっさに思いついた。

「あ……あのっ！　俳優……好きな俳優さんに、似てるんですっ」

「俳優に？　……私が？」

「はい、ドラマの俳優さんに、結構、似てて、それで上がってしまって……」

「……なるほど」

九条は頷いた。

「君とは会ったばかりだし、なぜそんな好意を向けられるのか意味がわからなかったんだが、そういうことか」

生じた疑問に対して矛盾のない答えを得たとばかりに、九条は納得を示した。

「嫌な言い方をしてすまない。だが、オメガに好意を寄せられても困るんだ。私は誰もつがいにする気はないからな。君に気がないならいいんだ」

窮地を切り抜けられてよかったが、「誰もつがいにする気はない」と聞いて、つきんと胸が痛む。

……いや、別に淡い何かを期待していたわけではない。ただオメガは歓迎しないと牽制《けんせい》されたから少し戸惑っただけだと自分に言い聞かせていると、九条が眉間《みけん》にしわを寄せた。

「おい、匂いが本当に濃くなってきている。すぐ帰った方がいい」

「あ、はい。もう会社に戻ります」

「いや、会社に寄っている場合じゃない。直帰できないのか？」

「あ、僕、会社の近くに住んでるので、会社に寄るぐらいは大した時間じゃ……」

その時。

うなじのところ、今まで何かあるとも思っていなかったそこから、ふっと、何かが途切れた感覚があった。

途端、体が燃え上がるように熱くなった。

オメガの発情――ヒートだ。

「…………!!」

頭が、胸が、体の奥が、煮えたぎるように熱くなる。

立っていられず、その場に座り込んだ。

どうして、突然ヒートが？

混乱していると、背後でサーバー室のドアが開く音がした。

松葉杖をついた九条が、荷物も持たずに部屋から出ようとしている。ヒートを起こしたオメガに対して、アルファが最初にすべき行動は、その場から離れることだ。

「電話番号は？」

早口でそう聞かれ、答えると、バタンとドアは閉まった。一瞬、取り残されたような気持ちになるが、間を置かずに綾斗の携帯端末が鳴り、すがるように電話に出た。

「九条だ。今、ドアの外からかけてる」

「す、すみません、すみませんっ、あのっ、こんなことになるって、思ってなくてっ」

「落ち着け。まずはこの状況をなんとかするのが先決だ。特効薬は持っているか？」

「あ……はいっ」

そうだ、こんな時こそ特効薬だ。特効薬を打てば、五分程度でヒートは収まる。綾斗は鞄からケースに入った注射器を取り出した。

しかし今まで一度も使ったことはなく、とっさには使い方がわからない。

「使えそうか？」

「あ、あの、使い方がわからなくて……」

そう言うと、九条がその場で調べて、使い方を指示してくれた。

注射針を取りつけ、空打ちをし、腕の皮膚に注射する。九条が電話口にいてくれたのでパニックにならずに処置できた。これで五分後にはヒートが収まるはずだ。

あと五分。耐えられるか。

ズボンの中に手を入れて、めちゃくちゃにしごきたくなるのを、必死に我慢した。

五分後にはヒートが収まる。ヒートが収まったら、九条がここに戻ってくる。その時、自慰の後の姿なんて見られたら、恥ずかしくて死ぬ。というか顧客のサーバー室で自慰とか、ない。せめてトイレまでは我慢しなければ。

しかし、五分経ってもヒートが収まる気配はない。時計を見ていた綾斗は、七分が過ぎたところで我慢できなくなり、ズボン越しに左手で股間《こかん》を刺激し始めた。右手には、九条とつながったままの端末を持った状態でだ。

何やってるんだ……。

少しだけ、少しだけと思いながらも、股間を握る手の動きはだんだん強く、我慢のきかないものになっていく。

ぽつり、ぽつりと、九条が声をかけてくれるが、耳元でささやかれる憧れの人の声は逆効果でしかなかった。なんとか受け答えをしながらも、九条の声に欲情し、自慰をエスカレートさせてしまう。

「……十分経ったな」

その声を聞いた途端、綾斗は精を放っていた。もう下着の中に手を突っ込み、直《じか》に自身をしごいていた。

その音も聞こえていたかもしれないし、う、という絶頂の吐息も電話の向こうに伝わってしまう。さすがに気づいたのか、九条は無言になった。

……どうするんだよ、これ。

手の中に出したそれを見ながら、呆然《ぼうぜん》とする。

一度出しても発情は収まらない。これからどうすればいいのか、もうわからない。

そもそもなぜこんなことになったのか。薬もちゃんと飲んでいたのに……。

そう思いかけて、あ、と気づいた。

昼食の時、九条と日野原の会話を聞くのに夢中で、薬を飲んでいない。それに今日はアルファである九条と何時間も一緒にいる。こんなことは今までなかった。

発情期に薬を飲み忘れない。発情期はアルファに近寄らない。その程度の注意は、オメガとしては基本中の基本だ。それがおろそかになったのは、自分は抑制剤が効く体質だから大丈夫、という過信がどこかにあったからだ。

自分の、せいだ。

情けなくて、涙が込み上げてきた。

「すみませ……僕のせいです。昼……薬を飲み忘れたんです。それに……発情期なのに九条さんと、長々と一緒にいたから……っ」

「いや、そうだとしても、特効薬が効かないというのは何かおかしい。異常だ」

冷静な指摘が返ってくるが、それ以外の原因は思いつかない。やはり自分のせいだと思う。

これから自分はどうなるのだろうか。

さすがにこのことを、もう会社には内緒にできない気がする。自分が黙っていても、九条が事の顚末《てんまつ》をラボシステムに、兄に話すのではないだろうか。

顧客のところでヒートを起こしたのがバレたら、正社員の話どころか、即、派遣契約終了だろう。

せっかく、ここまできたのに。

オメガとしての性能は欠陥でも、プログラマーとしての性能を高めて、やっと仕事で認めてもらえたのに。

いや、それだけではない。

この失態は派遣元にも伝えられるだろうから、もう今の派遣元では仕事をもらえなくなるかもしれない。この三年間、地道に仕事を続け、派遣元の担当者もそれを評価してくれて、それがラボシステムへの派遣につながったのに。

「……まずいな。ドアの外にも匂いがもれ始めている」

「え……」

事態はより深刻な局面に突入しようとしていた。

サーバー室に面した廊下は、学生も職員も通る。その中には当然アルファもいる。

もし、このサーバー室にアルファが群がるような騒動になったとしたら。

鍵《かぎ》は内側からかけられるが、外から開ける鍵は職員のいる事務室にある。もしその鍵が奪われて開けられたりしたら。

オメガフェロモンに当てられてアルファの発情《ラット》を起こしたアルファがなだれ込んできて、組み敷かれ、犯される。そういう事件は特に珍しくもない。綾斗も何度もニュースで見たことがある。

そして大抵、オメガはうなじを噛まれてつがいにされる。噛まれるのを防止するための首輪があれば回避できるが、手元にはない。さらに、そんな事件で噛んだなら、噛んだアルファに道義的責任はない。むしろフェロモンを振りまいたオメガの方が加害者扱いになるぐらいだ。

つがいの関係は片方が死ぬまで解消されない。だから噛まれたオメガは一生、つがいのアルファに捨てられた状態になる。

捨てられたら、オメガは誰にも愛されなくなる。

これから一生一人かもと日常的に思ってはいる。けれどそれは、実際に誰にも愛されない体になるのとは全然意味が違う。

体中が熱いのに、うなじのあたりがぞくっと震え、冷や汗が伝った。

怖かった。

そんな、中学で噛まれて以来、散々悩まされた恐怖からは、もう解放されたと思っていたのに。

その時、通話越しに、かつ、と松葉杖の音がした。

九条が移動しようとしている。

それは暗闇の中にあったわずかな光さえ、遠ざかっていく感覚だった。

見捨てられる。置いていかれる。

「い、行かないで……っ！」

気づいたらそう口走っていて、電話の向こうで動きが止まった。

……いや、行かないでって、何言ってるんだ。

九条はアルファで、しかも足が不自由だ。本当なら、真っ先に発情したオメガからは逃げないといけない人なのに。

自分が危ないからって他人を引きとめるとか、あまりに幼稚すぎる。自分の言動が恥ずかしくなって顔に血が上る。きっと自分勝手な奴だと思われた。

そう思ったのに。

笑う息づかいが、電話から聞こえてきた。

「一つだけ確認したいんだが、避妊薬は飲んでいるか？」

「え……は、はいっ」

避妊の効能は、夜に飲む分の抑制剤に含まれていて、昨夜《ゆうべ》はちゃんと飲んでいる。

「わかった。それなら、私が相手をしよう」

……え？

相手って……？

「オメガのヒートは、アルファの精を中に注げば収まる。特効薬が効かない以上、それしか方法はないだろう」

それは――そうだ。

言われて、初めて気づく。

確かにそうすれば、この絶望的な状況から抜け出すことができる。でも。

「いっ……いいんですか……？」

「我々にとって、もっとも優先すべきは顧客だ。ここには仕事で来ている。君にとっても私にとっても、顧客は大学だ。大学に迷惑がかかるようなトラブルが発生したならば、協力して対処する。そうだろう？」

「……」

そうなの、だろうか……？

「君は嫌かもしれないが」

「いえっ、ぼ、僕は全然、いいんですけどっ……九条さんに、そ、そういう……っ」

また笑う息が聞こえた。

「いいから、待ってろ」

その言葉の温かさに、震えが走った。

こんなこと、あるんだろうか。

突然ヒートを起こした協力会社のオメガを助けなくても、きっと九条は誰からも責められない。そんなのわかる。

「今からサーバー室に入る。私もラットを起こすだろうから、私にうなじを噛まれないように注意してくれ。と言っても、この通りろくに動けない体だから大丈夫だろうが」

「あ……はい」

言われてみれば、これは九条の足が不自由だからこそ成り立つ手段だ。そうでなければ、ただうなじを噛まれて終わるだけになる。

「まともに歩けもしないし、体調もガタガタだ。最近は眠れてないし、本当に……生きているのも億劫《おっくう》だった」

……え？

「それが……こんな体が最悪な状態だからこそ、誰かの役に立てるとはな。——なんだか救われた気がする。ありがとう」

……救われた気がする？

最後につけ足された、かすれた声。それには泣き出しそうな響きが含まれていた。

今の、何？

救われた気がする、なんて言葉、普通使わない。

引っかかる。けれどその時、がちゃりとドアが開いた。

松葉杖をついた九条が入ってくる。

綾斗はといえば、自慰をした後だと思いっきりわかる格好だったが、九条は侮蔑《ぶべつ》することもなく、ただ優しく笑ってくれた。

あ……。

途端、痺《しび》れるような雄々しい香りに包み込まれる。アルファの匂いだ。

体が勝手に九条に引き寄せられる。気づいたら、もつれるように、九条を床に押し倒していた。

「……ッ」

カシャン、カシャン、と松葉杖が床に転がる。足に負担がかかる体勢で押し倒したのだろう、九条の顔が痛みでわずかにひきつる。

そんな顔が、ひどくそそった。

九条の上に陣取ったまま、ぐりっと、自分の張り詰めた股間を九条に押しつける。九条のそこも硬くなっていた。

「……」

こちらを見上げてくる視線が、欲情を帯びている。もう九条もラットを起こしていた。

互いに発情していても、まだ戸惑いと気恥ずかしさは残っていた。

全身の血が沸き立つような興奮が体の中を駆け巡っていても、どう九条に触れていいかわからない。だってこの人は、僕の神様で、あのS.Kujoで……っ。

その時、ふっと九条の口元が緩んだ。ラットを起こしているのだから、余裕なんかないはずなのに。

「……君のお気に入りの俳優に似ていてよかった。好きな名前を呼んでくれていいぞ？」

場を和ませようとしてくれているのがわかり、胸に熱いものが込み上げた。なんて優しい人なのだろう。その名前にもう、万感の思いを込めた。

「九条さん」

「……いや、そっちじゃない」

「重春さん」

一拍置いた後、目の前の顔が、みるみる赤くなっていく。

自分が名前を呼んだだけで、九条が反応するのが綾斗の方こそ驚きで、全身の産毛がそけ立った。何これ、嬉しすぎる。

「いや、私じゃなくて、俳優……」

その顔を挟む形で床に両手をつき、もう躊躇《ちゅうちょ》なく、九条の開きかけた唇に口づけた。

触れた唇は乾いていて、かさついていた。それは状態としてはよくないのだろうけど、大人の男の唇という感じがして、どきどきした。

「…………」

唇を押しつけられたまま、九条は固まっていた。顔は見えないが戸惑いは伝わってくる。意外とうぶなのだろうか。次は舌を入れようとするが、唇は閉じている。

開けて。

そう伝えようと、その唇を舌でぺろぺろ舐《な》めた。

「き、君……っ」

開いた。

「キスとか、別にそんな段階を踏まな……」

すかさず舌を潜り込ませた。

九条の口の中は熱かった。S.Kujoの中に自分の一部を入れている。そう思うともう興奮して、頭の中が自分の心臓の音でいっぱいになった。

九条の舌を舐めて、絡めて、すすって。ついでに、ごりごりと股間をこすりつけた。めちゃくちゃ気持ちいい。九条さん、すごい硬い。

「……っ!!」

九条の手が伸びてきて、顔をつかまれ、引き離される。唇が離れると、ぷはっと九条は息を吐いた。

「待て！　このままじゃ、出るだろ!?」

「あ、だ、出してくれて、全然……」

「いやっ、そうじゃなく!!　君っ、目的を忘れてないか？　な、中に出さないと、ヒートを鎮める効果はないだろ？」

言われて、はたと気づく。

それもそうだ。

ということは、これから九条と、本当に……。

「……挿《い》れて、いいんですか……？」

「そっ、そのためにここに来たんだ……!!」

綾斗の下で、もう九条は顔を真っ赤にしていた。

「だっ、だから、そんな、あ、愛撫《あいぶ》とかいいから、もっと即物的にしてくれれば……っ」

――もっと即物的にしてくれ、って。

そんな、言われたこともないような殺し文句に、綾斗はもうぎんぎんにたぎった。これまで経験したことのない新境地であった。

即座にズボンも下着も脱ぎ捨て、綾斗は下半身裸になった。そして九条のズボンと下着も脱がしにかかったが、左足にギプスを巻いているため、途中までずらしただけでよしとした。

こうして九条の要望通り、余計なことはすべて省き、上はネクタイすら締めたままなのに、下だけ脱いだ状態で、再び九条にまたがった。九条は動けないので、綾斗が騎乗位ということになる。

マッチングの成果として騎乗位は得意だった。どきどきしながら九条のものをつかむ。

それは綾斗のサイズとは比べものにならないほど立派で、その生々しい熱を手に感じるだけで、後ろの奥まった窄《すぼ》まりからとろとろと愛液が滴る。男オメガ特有の反応だ。

「……早く……してくれ……っ」

声を震わせて恥じ入る九条にさらにクるものを感じながら、その怒張に腰を落とした。

「……は……ッ」

入った。

久々だったが、綾斗は狭い穴を押し広げられながらも、ずぶりと九条を飲み込んだ。

「…………く……ッ」

九条が小さく息を発する。
S.Kujoが、僕の、中に。
ぞくぞくっと全身が震える。アルファを迎え入れて、体が狂喜していた。

自分の中を、埋められる。それはこんなに、よかっただろうか。

うれ、しい。

潤んだ目で視線を落とす。そこには、目元を歪《ゆが》めた九条の顔があった。

……。

なんだか、苦しそうだ。

セックスがよくないという、マッチングで下され続けた評価が脳裏をよぎる。

「あ……だ、大丈夫……ですか……？」

薄目を開けた九条は、ネクタイのノットに指をかけて引き下げながら、唇を震わせた。

「……よすぎて……大丈夫じゃない……っ」

ずくんっ。

中が、疼《うず》く。

はしたない分泌液が、後から後からあふれ出てくる。

なんてことを言うのだろう。

九条さんが、感じてる。僕の中で。

嬉しい。

嬉しすぎて、体がぎゅう、ぎゅううと、九条を締めつける。

「ちょ……待……ッ！」

制御なんてできるはずない。今まで生きてて、こんな嬉しいこと、なかった。

「ちゃんと……いいですか？　今まで九条さんがしてきたのと、同じぐらい？」

九条の眉が、困ったようにハの字になる。

「わ……からない……したことがないんだ……一度も……っ」

その言葉に、目を瞠る。

つまり……童貞ってこと、ですか？

アルファで二十七で童貞というのは、珍しいというか、聞いたことがない。

慎重とか奥手とか、そういう問題ではない。

三種類のバースの中でもっとも優秀とされるアルファの力の源が性欲であることは、誰でも知っていることだ。

社会的に成功しているアルファには、大抵つがいが存在する。生涯愛せる相手に出会う時期が早ければ早いほど成功しやすいと言われているし、それどころか、セックスをしないとアルファは病気になりやすいとさえ言われている。それほどアルファにとって、性欲を満たすことは基本かつ重要事項なのだ。

つまり、アルファがこの年で童貞というのは、どこかおかしい。

――のだが、綾斗はぐわっと燃え上がった。

中学の時に噛まれて捨てられて、マッチングで振られまくり、自分はオメガとして不遇だと思っていた。

否。

否である。

自分はこのために、この瞬間のために、オメガとして生まれてきたのだ。

もう歓喜のままに、綾斗は動いていた。

体が急速にマッチングでの勘を取り戻していく。いや、当時よりももっとなめらかに、淫《みだ》らに、腰をグラインドさせる。その激しい動きに合わせてネクタイが揺れ、綾斗もノットを引き下げた。

「あ……ぁ……ッ」

九条の手が、何かつかもうと床をさまよい、手に当たったサーバーラックのキャスターをつかむ。

そんなものでも、藁《わら》にもすがるようにつかもうとする九条の物慣れなさに、もう胸がずきゅんときた。

「かわいい……」

「……え……？」

アルファに対して、普通は使われることのない形容詞だが、それが一番しっくりくる。自分だって余裕なんかないけど、九条も必死で、それがわかって、胸が詰まっていっぱいで、もっと九条を締めつける。

中で九条がこすれて、ぐぐっと一回り大きくなる。まるでレモン搾りにかけられたように綾斗のそこは愛液を搾り出され、ぬめりを帯びた九条をますます深く飲み込んだ。

「……すご……まだおっきくなって……っ」

「言う、な……っ」

九条の息が、荒くなっていく。

中で新たな変化が起きる。九条の根元が瘤状《こぶ》に膨らみ、抜けないよう固定される。アルファの男がラットを起こした時だけに現れる亀頭球だ。これで、中に出すまで結合は解除されない。

九条の顔はもう真っ赤で、さっきよりもっともっと苦しそうで、綾斗の胸はきゅんきゅんだった。目が合うと、九条は恥ずかしげに目をそらした。

「……み、見るな……っ」

腕で顔を隠す。そんなことをされるともうたまらず、きゅううと締めつけた。

「…………く……うぅ!!」

限界までこらえた、だからこそ壮絶に色っぽい声で、目の前のアルファは達した。中で、熱い飛沫《しぶき》が弾《はじ》ける。

その熱が突き抜けるように体を駆け巡り、気づいたら、綾斗も極みに達していた。中では、アルファの長い吐精がびゅく、びゅくっと続いている。アルファの精で体中が満たされていく。

味わったこともないほどの至福の時の中で、九条を見下ろす。

達した後の、けだるい表情。

九条はもう目をそらす気力もなく、呆然とこちらを見ている。半開きになった口の端からは透明な唾液《だえき》が伝っていた。

好き。

もう、それしか思い浮かばなかった。

九条さんが好き。好きすぎて死にそう。

恋愛なんて、自分とはもう無関係なものだと思っていたのに。

九条に出会って、たった一日で、綾斗は恋に落ちていた。


「あんなにかわいい人、いないよ！」

綾斗は何度目かのその主張を、電話越しに力説していた。

あれから二日後の日曜の午後。綾斗は加宮に長々と電話していた。

本当は昨日も電話したのだが、加宮は大学の集まりがあって酒を飲んでいて、つながらなかった。そして今日の午後になって「電話くれてた？」と折り返し電話があったのだ。

すぐにでも話したかったのに話せなかった分、綾斗のほとばしる想いの吐露は止まらない。

「九条さん、自分の体を僕に捧げてくれたんだよ!?　初めてで、何も知らない清い体なのに！　それで、もっと即物的にしてくれって言われて、僕は、僕は、もう……っ！」

「うん。わかった。綾斗のたぎるポイントはそこだっていうのはよくわかった」

加宮の淡々とした声が返ってくる。なぜこの身悶《みもだ》えしたくなるような奇跡のエピソードに共感が得られないのか。

「こんな人、どこにもいないだろ？」

「うん、まぁ、その奥手っていうか枯れ具合は、アルファとしては異例だね」

「枯れてるんじゃないよ、うぶなんだよ！」

「……いや、なんていうか。自分より年下のオメガに、うぶでよかった！　とかって興奮されるそのアルファの人が気のど……いや、うん、もういいや。それより、綾斗の突然のヒートの原因はなんだったのさ？」

「それが……」

綾斗は、事の顚末を話した。

結論から言えば、中学の時につけられた東谷の噛み痕が消えたことが原因だった。

事後、うなじがすーすーするので九条に見てもらったところ、長年薄く残っていた噛み痕が、跡形もなく消えていた。

つまり、東谷の噛み痕は、微弱ながら『つがい』として機能していたのだ。

それにも驚いたが、それが消えたということはどういうことなのか。

つがいが解消される時。それはアルファかオメガ、どちらかが死んだ時だ。

東谷克英《かつひで》の名で検索すると、ニュース記事が出てきた。その日、東谷はバイク事故で死亡していた。

その後、綾斗は病院に行き、医師の診断を受けた。医師も同じ見解だった。

異常なヒートが起きたのは、発情期につがいが切れたからだった。

今まで存在さえ気づかなかった不完全なつがいが切れ、綾斗は自由になった。それだけ聞けばいいことのようだが、重大な問題が一つある。

それは、これまで抑制剤がよく効いていたのは、その微弱な『つがい』の効果も加わってのことだった可能性がある、ということだ。

つがいが切れた今、抑制剤の効きは変わらないかもしれないし、発情期の何日かは効かないかもしれないし、まったく効かないかもしれない。

さらに厄介なのは、それを検証するには時間がかかるということだ。

医者には、今はつがいが切れた反動で特効薬も効かない異常な状態なので、今の発情期中は仕事を休んだ方がいいと言われた。

それは問題ない。

今回の発情期は七日目の明日、月曜に終了するので、明日は仮病で休むつもりでいる。

問題なのは、来月の発情期だ。

発情期がいつ来るかだが、予定日より三日程度は前にずれることがある。そのため、抑制剤が効くかどうかわからないなら、予定日の三日前から仕事を休む必要がある。

問題は、いかに会社に事情を話さずにすませるかだ。

一番いいのは、来月会社を休んで一、二日程度で発情期が来て、抑制剤がこれまでと変わらず効くことだ。そうすれば、会社には何も言わずにすむ。

今は正社員になれるかどうかの大事な時期だ。そんな時に、抑制剤の効きに不安がある、などという事情は話したくない。

そして、うまくいくのは多分、このケースだけだ。

会社を何日も休むなら事情を話す必要があるし、薬の効きが悪くても話さないといけない。そうなれば、おそらく正社員の話は消えるし、派遣契約も三月末で終了になる可能性がある。

さらに言うと、うまくいくケースにも問題が一つだけある。

それは、大学でのヒート騒動を会社に秘密にできることが大前提であり、もし九条が兄の部長にあの騒動のことを話せば、その時点で一巻の終わりということだ。これればかりはもう、綾斗にはどうしようもない。

「……いや、ちょっと待って。てことは、そもそも今まで綾斗が振られまくってたのって、その『つがい』のせいじゃない？」

「え？」

つがいになったオメガは、つがい以外のアルファやベータを惹きつけなくなる。その効力のせいではないかというのだ。

「ああ……そう、なのかな？」

「きっとそうだよ！　うぅわもう、東谷最悪！　死ね！　ああもう死んだのか！」

そうだとすると綾斗も怒っていいのだろうが、特に怒りは湧《わ》いてこなかった。何せ今までの人生はすべて、九条に出会うためにあったのだと、綾斗の中で全肯定されていた。

「おかしいと思ってたんだよ。綾斗みたいに綺麗なオメガが、なんでモテないのかって。もう大丈夫だよ綾斗。これからは選び放題だから！」

「それはないんじゃないかな……」

自分はハズレ、というイメージは、綾斗の奥深くまで根づいている。『つがい』も一因かもしれないが、それがなくなったからといって、自分がモテるとは到底思えなかった。

「いや、たとえ仕事ができなくなっても、結婚の道はあるよって言いたかったんだけどね。それと、水を差すようだけど、さっきから九条さん九条さんって言ってるけど、『誰もつがいにする気はない』って言ってたんだよね？　それってかなりアウトじゃない？」

痛いところを突かれて、言葉に詰まる。

「それに、アルファでつがいを作る気ないって言う人、聞いたことないんだよね。何か事情がありそう」

「事情って？」

「うーん……わからないけど、何か持病があって、結婚する気がないとか？」

「……」

そういえば、何かそんなことを言っていたような気がする。体調がガタガタとか、生きてるのも億劫とかなんとか……。

……九条さん、病気なの？

「ああ、ごめん。あくまで推測だよ。本当のところは九条さんに聞いてみなよ」

「うん……どうやったら聞けるかなぁ……」

仕事中に聞ける内容じゃないよな、などと考えていると、加宮が笑った。

「いや、なんか、いいね」

「何が？」

「自分の仕事がどうなるかわからないって時に、片思いの相手の心配かと思って。綾斗が落ち込んでなくて安心したよ」

言われて、気づく。

今、自分はかなり深刻な状況にいる。だけど確かに、落ち込んではいない。

「正直、恋をするにはどうなのって相手だけど、いいんじゃない？　綾斗はさ、誰かをもう一度好きになれたってことの方が大事だよ。まずはこれから九条さんと楽しみなよ」

「いや、これからって、助けられただけで、全然、つき合ってもないんだけど……」

電話の向こうで、にやりと笑う気配がする。

「何言ってんの。どんな理由だろうが、一回やったんだよ？　もう始まってるっての」

その言葉に、どきんとする。

「がんばれよ」

そうエールを送られて通話を終えた後、手の中の携帯端末を改めて見る。

九条の連絡先は、この中にある。綾斗がその気になれば、いつでも電話をかけることはできるのだ。今でも。

本当は、昨日も電話をかけようかと思った。けれど、休みの日に電話していいのか、そもそもアクシデント的に体を重ねた相手から電話を寄越されて迷惑じゃないかと、いろいろぐるぐる考えてできずにいた。

だが、自分が行動を起こさなければ、始まらない。加宮の言葉で決心がついた。

綾斗は、履歴から電話帳にしっかり登録しておいた九条の番号を、思い切って押した。

プルルル、という音を緊張しながら聞く。コール三回でつながった。

「はい、九条です」

「あの、ラボシステムの、白藤です」

「……」

沈黙が返ってくる。

「今、お電話、いいでしょうか？」

「……えっ、ええ……」

明らかに声に戸惑いがある。

やっぱり、迷惑だっただろうか。

どっ、どっ、と心臓がうるさいぐらい高鳴りながらも、あらかじめ考えていたことを、とにかく口に出した。

「先日は、ありがとうございました。本当に助かりました」

「……あ、ああ」

「それで、あの時のヒートの原因がわかったので、それだけはお伝えしておいた方がいいかと思って電話したのですが……あの、それも必要ないようでしたら、これで……」

「い、いや、聞くっ」

慌てた声が引きとめてくれる。それを聞いて、どれだけほっとしただろう。気づけば、端末を握る手はじっとりと汗ばんでいた。

それから事情を話した。事後にうなじを見てもらった時にはぼかして話していたが、中学の時にアルファに噛まれたこと、そしてその時に成立した微弱な『つがい』が外れたことが、今回のヒートの原因だったと説明した。

なるべく簡潔に話すつもりだったが、クラスメイトに噛まれたと言った時点で、「なぜそんなことに？」と尋ねられ、聞かれるままにいろいろ話した。

東谷に見捨てられたこと。オメガであることを親に疎まれていて、何も対処してもらえなかったこと。そして発情期が来てマッチングに行き、散々振られまくったこと。

こういう話を、オメガ仲間にしたことはあったが、アルファ相手に話したことはない。つまらない話だと思われはしないだろうかと思ったが、そんなことはなく、九条は親身になって耳を傾け、ひどい話だと憤ってくれた。

こんなに普通に、綾斗の内面を気遣ってくれる——人間扱いしてくれる人に出会ったのは、本当に久々だった。同じ境遇であるオメガ仲間を除けば、オメガだと判明して以来、初めてではないだろうか。

ラボシステムの人たちとはうまくいっているが、あそこは会社だ。綾斗が受け入れられているのは、プログラマーの性能が認められたからであって、綾斗個人が受け入れられているかといえば、そうではないだろうと思う。

「それじゃ、君は今も、親御さんの援助は受けられない状態なのか？」

「あ、はい。一人暮らしで、親とはもう疎遠になってて」

「大丈夫なのか？　今は家から一歩も出られないだろう。食料とか、足りているか？」

抑制剤も特効薬も効かない異常事態なので、九条の言う通り、外には出られない。実は加宮に電話をかけたのは、買い物を頼む目的もあったのだが、加宮は今日もこれから用事があって無理だった。少ない食料の備蓄は昨日一日でほぼ消費しており、残りは。

「あー……、こんにゃくはあります」

発情期のオナニー用に買ったものだが。

「……こんにゃく？　いや、こんにゃくは駄目だろう。栄養がない」

すごい真面目《まじめ》な答えが返ってきた。

「それに、発情期はまだ続くんだろう？」

「あ、はい、月曜まで」

「じゃあ、明日はどうするんだ」

「いや、明日もこんにゃく……」

「そんなにたくさん買っていたのか？　こんにゃくを？」

「え、ええ……」

発情期に毎日使おうと思って、七個買って、まだ冷蔵庫に四個残っているのだ。

……なんで自分はこんなきわどいアイテムを、よりにもよってS.Kujoとの話題に出してしまっているのか。冬なのに冷や汗が出そうになる。いやだって、食べるものがないって言うのも哀れを誘うし、食料があるって嘘つくのも……。

「あっ、そうだ、小麦粉と砂糖はありますっ。なのでホットケーキっぽいものは作れます、多分。卵も牛乳もないですけど、きっとそれでなんとか持ちこたえ――」

「君、家はどこだ」

苦渋をにじませた声で聞かれる。

え？　と思う。

もしかして……買い出しをしてくれる、のだろうか？

「いえ、さすがに、そんな……」

「多分、近いんだ」

「え？」

「君の家と」

言われた意味を理解するのに、少しかかった。

「君、ラボシステムの近くに住んでいると言っただろう？　私もなんだ。去年ラボを辞めた後、引っ越してない」

続けて、九条の住んでいる町名とマンション名が告げられた。

思わず窓から見えるマンションに目をやる。綾斗が住んでいるアパートの隣の隣が、まさにそれだった。

なんてニアミス。

「……隣の隣ですね。僕のアパートの……」

それを言うと、少し置いて、ははっと笑う息が聞こえてきた。

「それなら近所のよしみだ。買い出しに行ってくるから、何が必要か言ってくれ」

「いや、でも、九条さん、足、怪我《けが》されてるのに……っ」

「リハビリのために動くよう、医者にも言われているんだ。用事があった方が精が出る」

そんなふうに、さらりと言ってくれる。

嬉しすぎて顔が熱くなってくる。誰かがこんなに優しくしてくれるのは、ちょっと記憶にないぐらい初めてだった。

どうしよう、本当にこんなの、いいんだろうか。

そう思うけど、断るなんてできるはずない。綾斗は好意に甘えることにした。


九条重春は白藤のアパートに来ていた。

聞いていた部屋番号を確認し、部屋の前の通路の手すりに右手の松葉杖を立てかけ、携帯端末を取り出して耳に当てる。

コートをはおり、その下はシャツにVネックのセーター。昨日、ギプスが取れたので、普段通りのズボンがはけたのはありがたい。背中のリュックの中には、白藤からリクエストされた食料が入っている。主にカップ麵《めん》とカレーの材料だ。

腕時計をちらりと見る。午後五時前だ。最寄りのコンビニに寄っただけだが、一時間近くかかってしまった。

「九条だ。今、部屋の前に来てる」

途端、ダダダダッと部屋の中から足音が聞こえてくる。玄関でサンダルを引っかける音までした。「あ、ありがとうございます！」という声は、携帯端末からも、ドア越しに肉声としても聞こえた。

……。

ものすごくわかりやすい反応に、一瞬圧倒される。まるで小型の室内犬がお帰りなさいとご主人様を出迎えるような勢いである。

「ああ……ドアの取っ手に買ったものを引っかけておくから、私が去ったら取ってくれ」

発情期中のオメガの部屋に、アルファである自分が入る気は当然ない。ドアを突き破りそうな勢いで走ってきてもらって申し訳ないのだが。

「あの……っ、カ、カレー、一緒に食べませんか？　僕、作るので」

相変わらず声は端末からもドア越しからも聞こえる。というか多分、音の反響から推測するに、白藤は今、ドアの内側に張りついている。

「……いや、それはさすがに……」

なんともいえない気持ちでドアを見ながらそう返すが、白藤は引き下がらない。

「それじゃ、少しお茶するだけでも」

「いや、私が君の部屋に上がるわけには……」

「実は今、発情期ですけど、ヒートは起こしていないんです」

「そうなのか？　確かに、さっきから声が発情しているようには聞こえなかったが……」

言い終わる前に、カチャンとドアの鍵が回る音がする。あ、と思った時には、ドアが勢いよく開き、白藤が目の前に現れた。

「……っ‼」

彼の姿が目に飛び込んでくると、先日のあれやこれやが一気に思い出される。

顔がかぁっと熱くなり、思わず目をそらした。

「ほら、僕、フェロモン、出てないですよね？」

「あ……ああ、確かに……」

恐る恐る、彼の姿を視界に入れる。

改めて見ると、意外に小さい。百七十はないだろう。そして細い。体積的に九条が覆い被《かぶ》さったらすっぽり隠れる大きさだ。そんな華奢な彼が、白い温かそうなタートルネックのニットを着て、大きな目を輝かせている。

チワワだ、と思った。

昔、子供の頃、友達の家で白いチワワが飼われていて、目がこぼれそうなほど大きくてかわいかった。それを十数年ぶりに思い出すほど彼はチワワだった。

先日のあの生々しい情事で、すっかり小悪魔というイメージだったのが、日の当たる場所で見ると、こんなに無害そうでかわいかったのかと驚く。

「あの、少しでいいので、中でお茶しませんか？　ぜひお礼をしたいんです」

チワワはじっとこちらを見上げ、しっぽを精一杯、ぱたぱたぱたと振っている。

ものすごく断りにくい。

だがしかし、発情期にアルファと二人きりになるのはどうかと思うし、それはやめろと先日自分が言ったばかりである。

「駄目、ですか……？」

途端にしょげた顔になる。チワワがきゅうんと悲しそうに鳴いているオーラが見え、胸がずきりと痛む。なんだこの謎《なぞ》の罪悪感は。

「あ、あの、首輪はしてますからっ」

彼は白いタートルネックをがしっと引き下げ、その下にはめてあるつがい防止用の首輪を見せた。ファッションでつける繊細なチョーカーとは違い、頑丈そうでごつく、まさに『首輪』だった。それが妙に背徳的に見えて、どきりとする。

「わ、わかった！　わかったから……」

「ほんとですか？」

ぱぁぁぁっ、と花開くように白藤の顔がほころんでいく。

首輪をしているのはわかったから襟を元に戻せと言いたかったのだが、このチワワは承諾の意味に取り、今やちぎれんばかりにしっぽを振っている。その姿を、九条は言葉もなく見下ろしていた。

これで断れる人間は、多分、地球上には存在しない。

「……少しだけな」

ついに根負けしてそう言い、発情期中のオメガの部屋のドアをくぐった。普段の自分なら、およそ考えられない行動だった。

玄関に入り、まずは背負っていたリュックを下ろし、コンビニで買ってきたものを袋ごと白藤に渡した。そしてコートを脱ぎ、雑巾《ぞうきん》を借りて松葉杖の先を拭《ふ》いて、部屋に上がる。間取りは普通のワンルームで、八畳間に本棚とローテーブルとテレビとベッドがある。椅子がないのでベッドをすすめられ、そこに座った。

彼が財布を持ってきたので買い出しの精算をしながら、改めて彼を見る。

「君、本当にヒートを起こしていないんだな。どうしてだ？」

「え、それは、その、九条さんに、してもらったから、なんですけど……」

二日前、九条の精液を白藤の体内に注いでヒートを鎮めた。

発情期にオメガがアルファと性交した場合、その後しばらくはフェロモンの放出が止まる。その理由は、体内に入ったアルファの精子との受精を優先しようとするため、と言われている。

その効果が今も続いていると言うのだ。

「今ヒート起こしてないのに、買い出しに行ってもらったりして、なんだか申し訳なかったんですけど……」

「いや、それはいい。いつ効果が切れるかもわからないのに、外出なんてできないだろ。それより二日って長くないか？」

白藤も不思議に思って調べたそうだが、強いアルファなら、その効果が長い場合もあるそうだ。それでも二日というのは相当長い。

「九条さん、強いアルファなんですね」

「……そうなんだろうか？　わからない」

アルファの力の原動力は、性欲が満たされることにある。自慰でも効果はあるとされているが、パートナーがもたらす充足感には遠く及ばない。つまり今まで童貞だった九条は慢性的にエネルギー不足の状態で、アルファ特有の力を発揮したことはなかった。発揮したいと望んだこともない。

「九条さんって珍しいですね。アルファの人って、そういうの、すごい意識してるんだと思ってました。アルファだと誰が強いとか弱いとか」

言いたいことはわかる。アルファには、一睨《ひとにら》みでベータやオメガを威圧したり従わせたりする特殊な力を発揮できる者がいる。九条もそういう力を行使している現場に何度か居合わせたことがあるが、別にすごいとも羨ましいとも思ったことはなかった。

「ああいうのは好きじゃない。アルファは優秀とか言われておいて、結局力押しじゃ、存在意義がなくないか？」

そう言うと、白藤は軽く目を瞠り、嬉しそうに笑った。

それから彼は台所でお湯を沸かし、青い花柄のティーポットに紅茶を作って、ローテーブルに持ってきた。揃《そろ》いの柄の大皿に、贈答用らしい焼き菓子を並べる。

「ああ、それぐらいの食料はあったのか」

「えっ、ああこれは、元々九条さんに買っ……いえはいっ、もらいものを食料としてカウントするのを忘れてて、さっき気づきましたっ」

「……？　そうか」

用意してもらって食べないのもおかしいので、手を伸ばして一つ取り、口に入れる。普通においしい。白藤も床に敷かれたラグに正座して食べていた。

「九条さん、この前より顔色いいですね」

「え？　ああ、そうかもな」

「体調、よくなったんですか？」

「まあ……そうだな」

白藤は詳しく聞きたそうな顔をしていたが、九条はあえて何も言わなかった。

体調がいいのは、白藤としたからだ。

白藤と体を重ねた後、体中に力がみなぎるのを感じた。翌日ギプスが取れたのも偶然ではないだろう。アルファの力の原動力が性欲であるということを、あれほど実感したのは初めてだった。

なんとなく目が合うと、彼にすごく嬉しそうに微笑まれた。

憧れ、尊敬、好意、そういうものがまっすぐに向けられているのがわかり、頬のあたりが熱くなる。

自分が、彼を先日の危機から救った恩人だから。

そう思えれば、さぞかしわかりやすかっただろう。だが違う。

白藤のこの憧れの目は、初対面からだ。まさに、出会った瞬間からこうなのだ。

つまり――大学でのことを恩に感じているのは確かだろうが――、白藤にとっては、それよりも、「好きな俳優に似ている」ことこそが、九条に対する感情の凄まじいウェイトを占めているということだ。今も、まるで憧れのアイドルとプライベートでお茶をしているかのような、夢心地な目をしている。

それがわかるので、正直、面白くはない。

彼は九条を通して別の男に焦がれているというわけだ。自分は先日のことで、まともに目を合わせるのも苦労するほど、彼を意識しているというのに。

そんなことを悟られないよう、九条は紅茶を飲みながら本棚に目をやった。

「ああ……懐かしいな。私もそのプログラムの本は読んだ」

「え、どれですか？」

大型の本を指さす。すると彼は「その本わかりやすいですよね！」とすごく嬉しそうに言う。

「それに、その左の本。そんな言語も仕事で使ってるのか？」

「あ、それは、独学でやってるだけで……」

「勉強してるのか」

「はい。プログラム、好きなので」

「そうか。私もだ」

すると、チワワはきらきらと目を輝かせて、「あのっ」と意気込んで言った。

「僕、三年ぐらい、派遣でプログラマーをやってるんですけど、最初の二年はきつい現場ばっかり回されて、ずっとまともなプログラムを知らずにきたんです。でもS.Ku……」

そこまで言って、慌てたように言い直す。

「……ラボシステムのプログラムを見て、救われたんです。コードがすごく綺麗で。僕もこんなふうに書けるようになりたいって目標ができました。僕、ずっと人生が不安でした。でも好きな仕事ができて、自分に自信が持てるようになったんです。本当に、ラボシステムのおかげです」

彼の意外な一面を見た思いだった。そういえば初日も、ずいぶん熱心に質問してきて、それが終わらずサーバー室でまで二人きりになったのだったと思い出す。

ラボシステムの後輩、という彼の側面に気づき、九条は幾分落ち着けた。元社員である身で、前の職場に入ってきた新人を後輩と思うのもおこがましいかもしれないが、もしかしたら自分が書いたプログラムも彼は見たかもしれない。

「そう言ってもらえると、ラボシステムにいた者として誇らしい。ラボはいい会社だ。あそこでがんばれば必ず報われる」

「はい」

ラボの後輩だと思えば親しみも湧き、自然と笑顔になる。白藤の方は何か言い足りなそうな顔をしていたが、それには気づかなかった。

「そういえば、発情の薬が効かないのはどうなったんだ？　会社には行けるのか？」

「それが……」

彼は少し困ったように笑いながらも、聞かれるままに答えた。

抑制剤の効きが悪くなる可能性があること。そうなれば正社員の話は多分消えるし、派遣契約も終了になるかもしれないこと。

もっと言えば、ラボだけの話ではなく、毎月、発情期のたびに二日も三日も休むようになれば、他の派遣の仕事も回ってこなくなる可能性もある。収入が大幅に減れば一人暮らしは続けられないし、親には頼れない。そうなれば、最後は風俗にでも行くしかなくなる。

「……」

九条は黙って話を聞きながら、めまぐるしく思考を巡らせていた。どうするのが最善かを考える。

最後は風俗、というのは、差し迫った可能性という感じの言い方ではなかったが、危うさを感じた。さっき電話で聞いた時、白藤はマッチングにいたと言っていた。そこでの経験がある分、他のオメガより、風俗への敷居が低いのではないかと思えた。

黙り込んだ九条を見て、彼はおろおろし、そして努めて明るく言った。

「あの、ちょっと深刻に言いましたけど、大変なのはオメガならみんな同じなので……」

「――二日に一度か」

声に出してつぶやく。

なんのことだろう？　とこちらを見ている彼をまっすぐに見据える。

「いくつか確認したいんだが、今回の発情期は月曜で終わりだったな？」

「あ、はい。月曜は有休を取るつもりなので、大丈夫です」

「次はいつ来る？」

「僕の発情期の周期は三十日なので、次の予定日は二月十四日です」

「何か紙はあるか？」

コピー用紙とボールペンを渡され、九条は横軸に一から二十八までの日付を書いた。そして十四日の下に星印をつける。

「必ず予定日に来るのか？」

「いえ。三日ほど前にずれることがあります。後ろにずれたことはありません。なので正確に言うと、周期は二十七から三十日です」

十四日の三日前、十一日の下に丸をつける。

「発情期の日数は？」

「七日です。日数はほぼ一定ですし、これより長かったことはないです」

十四日から二十日までの七日間に横棒を引く。それを見て、「プログラム管理の工程表みたいですね」と彼が無邪気に言う。確かにガントチャートのような書き方になっている。SEの癖だ。

気を取り直して、九条は続けた。

「ということはだ。予定日の三日前、二月十一日から二十日までの最大で十日間、私と二日に一度性交をすれば、発情期を乗り切れるということだ」

目の前のチワワは、え？　という顔をしていた。

とんでもないことを言っていると我ながら思うのに、すらすらと言葉が出てくる。九条は十一日に続き、十三、十五、十七、十九日の五ヶ所に丸をつけた。彼と性交をする日だ。

「ただ、アルファの精でヒートを鎮める、ということばかりしていては、抑制剤が効くかどうかが確かめられない。週末か祝日に当たる日は、抑制剤を飲んで効果を確認して、効かなければ性交だな」

そう言ってボールペンを置き、白藤を見た。

「これでどうだ？」

「え、えっ、あー……、三月はどうするんですか」

「抑制剤が効かないようなら、三月も同じようにやる」

チワワのくりくりとした大きな目が、本日最高に輝く。しかし直後にぶるぶるぶると首を横に振った。

「い、いや、あのっ、抑制剤って、いつ効くかわからないって医者に言われてるんです。来月からかもしれないし、再来月かもしれないし、何ヶ月経っても効かないかもしれないし。だからその、いつまでっていうのが……」

「いつまでも続けるつもりはない。四月に君が正社員になるまでだ」

明快に、そう告げた。

「派遣で抑制剤の効きが悪くなったとなれば、正社員にはまずなれない。兄貴は甘い人だから温情をかけようとするかもしれないが、羽柴さんが止めるだろう。兄貴の緩いところを引き締めるのが副社長の役目だからな。だが、正社員になった後なら話は別だ。ラボシステムが設立された経緯は知っているか？」

「いえ……」

九条は説明した。

元々、ラボシステムの社員は、九条の父が社長を務める大企業のシステム部門にいた人たちだ。

その会社は自社で独自システムを作っていたが、時代が進むにつれ、自前でシステムを構築しなくても、優れたパッケージシステムが存在するようになった。そのパッケージに変更することで、システム部門を大幅にリストラすることが、五年前に決まった。

その時に九条の兄と羽柴が、リストラではなく、システム部門を子会社として独立させたいと社長に掛け合い、それでラボが設立された。つまり兄は、社員のリストラを回避するために行動を起こしたのだ。

「兄貴は絶対に、自分の会社の社員を切り捨てるような人事をしない。これは温情というより、会社設立時の社是だ。それに社是に適《かな》っているなら、羽柴さんも折れてくれる」

九条の目論見を、彼は目を丸くして聞いている。

「どうする、やるか？」

もう一度、たたみかける。

「ええと……そんな裏技でラボの社員になって、いいんでしょうか」

「それは兄貴がなんとかするだろう。元々、つがい持ちじゃないオメガを正社員にすると決めた時点で、そういうリスクは考慮ずみのはずだ」

「でも、あの」

すぐに飛びつくかと思ったのだが、白藤は躊躇している。まだ何か情報の抜けがあるのかと思っていると、彼はじっとこちらの目を見て言った。

「どうして九条さんは、そこまでしてくれるんですか？」

その疑問を突きつけられ、はっとする。

この計画において、一番不自然なのは確かにそこだと自分で気づく。

どうしてそこまでするのか。

それをどう答えればいいかと、自分の中で反芻《はんすう》する。

大学でのことが、あまりに鮮烈だったのだ。

先月、あの居酒屋の階段から落ちた時、死んだと思った。

病院で目が覚めて、どうして生きているのだろうと思った。

骨折は遅々として治らなかった。当たり前だ。本人が回復を望んでいないのだから。治って、どうするのだろう。

自分は誰かをつがいにすることはできない。誰も好きになってはいけない。誰とも触れ合わずに、一生一人でいなければならない。

だが、アルファの原動力は性欲であり、それはすなわち愛し、愛されることだ。それができないなら、そもそも生きる意味などなくないか。

そう思えど、自死するほどの思い切りはなく、ただ漫然と日常を繰り返していた。

そんな時に、白藤に出会った。

――い、行かないで……っ！

電話から聞こえたあの声に、胸を撃ち抜かれた。

人に頼られた。助けを求められた。あの瞬間、九条は死に損ないの状態から奮起したのだ。

このままでは自分が加害者になると思い、あの場から離れようとしていたのが、一転、自分なら彼を救えることに気づいた。その手段は性交だったが、躊躇はなかった。

ああ、自分は腐ってもアルファなんだなと、あの時思った。この状況で、助けを求めるオメガを見捨てたらアルファじゃない。そう思ったら、体の底から生きる気力が湧いてきた。

自分が人を助けられる。そんな力が、価値が、まだ自分にあったのだ。それが嬉しかった。彼を助けたのは自分だが、救われたのは自分の方だった。こんな自分でも、生きていていいのではないかと、思えた。

だから、そんな救いをくれた白藤が困っているなら、九条としては助けるのは当然だった。

ただ、それをそのままは言えないので、助けたいと思っていることだけを伝えた。

「君のことは一度助けているからな。今さら君が困っているのを見過ごせない。それに君はラボの後輩でもある。ラボで仕事を続けたいと言うなら、先輩として力になりたい」

白藤は何秒か黙っていたが、やがて瞬《まばた》きを繰り返した。

「……九条さんはなんか、すごい。ほんとに、僕にとっては、神様」

「……は？」

神様？

それは……あまりにも大げさではないだろうか。

「オメガが仕事なんて……腰かけとか、結婚相手探しとか思われるのが普通なのに、九条さんは……僕が仕事続けたいっていうの、耳を傾ける価値があるって、思ってくれるんですね」

彼の大きな目には、いつの間にか涙が光っていた。

「僕、ずっと、ぞんざいに扱われるのが当たり前だったんです。でも、九条さんは、九条さんだけは違う。僕を、普通に後輩って、思ってくれる……」

「いや、私だけではないと思うんだが……」

口にするかどうか迷ったが、後輩扱いしただけでそこまでありがたがられても据わりが悪い。九条はあえて言うことにした。

「君、マッチングに行っていたと言っただろう？　そのマッチングでの経験を、あまり一般化しすぎない方がいい。あそこに行くのは、アルファだろうがベータだろうが、ろくでもない奴らばかりだ」

彼は、え、という顔をしていた。

「肩書きとか年収は立派なのがいただろうが、そういう問題じゃない。あんなものは、為政者のアルファが、オメガのためとか言いながら、アルファに都合のいい施設を作っているだけだ。大体、オメガを商品のように抱いて、それで一番いいのを伴侶《はんりょ》にしようなんて、どれだけ自分が偉いと思っていたらできるんだろうな。私から見れば反吐《へど》が出る」

そんな発想はなかったのか、彼は目をぱちくりさせている。

「国が作った施設だから、正しいことが行われているとでも思っていたか？」

「いえ、あの、アルファの人が、アルファを悪く言うことがあるんだ、って……」

そう言われて、思わず眉間にしわを寄せた。

父親の姿が脳裏をよぎる。

アルファの傲慢《ごうまん》の象徴が、九条にとっては父親だった。

「アルファだって、いろいろいる。アルファが皆、オメガを物扱いして平気な人間ばかりじゃないことは知っておいてくれ。まともな神経の奴だってちゃんといるんだ」

「……そうなんですか」

彼は相づちを打ちながらも、そんな人道的なアルファは九条だけではないのかという目をしている。彼のこれまでの境遇からは、そう思うのも仕方ないのかもしれないが。

「だからその、……そんなにありがたがらなくても、私は普通だ。神でも聖人でもない」

そう言って締めくくる。

というか、だ。

せっかく恩義に感じてくれているところになんだが、発情期のオメガを二日に一度抱けるとか、絶対役得だろ。

それをストレートに言うとあまりにゲスいので口にしないが、そう、もちろんだ。もう一度彼としたいに、決まっている。

そう、大学でのことは、別の意味でも、あまりに鮮烈だった。

発情したオメガとの性交はすばらしいと知識では知っていたし、確かに想像以上の快感だった。

だがそれ以上に——恥ずかしくて、恥ずかしくて、死にそうだった。

何もできず、ただされるがままだった。後から思い返し、意味もなくサーバーラックのキャスターなんかを必死につかんでいた自分が恥ずかしすぎて、本気で死ねた。骨折していたからこそ彼を救えたのに、なぜ自分はあんな時に骨折していたのかと、無意味な問いで何時間も悶絶《もんぜつ》した。

これまでもずっと童貞だったのだ。これからも一生ないかもしれないのに、唯一の体験があれだけなんて、あまりに救いがなさすぎる。せめてもう一度、足が治った状態でやり直したい。次の発情期まであと一ヶ月あるのだから、それまでに骨折は治るはずだ。いや治す。

こんな欲を持つことは、よくないことだとわかっている。彼とはつがいになれないのだから。

けれど。

これは、人助けだ。

その大義名分は、誰とも触れ合わないようにしてきた九条の頑《かたく》なな気持ちを緩めていた。つがいになれない自分でも、彼の助けになれる間だけは、彼に触れても許されるのではないかと。

「……ありがとうございます」

涙をぬぐいながら、彼はこちらを見る。

「発情期乗り切るの、どうか力を貸してください。これから本当に、よろしくお願いします」

そう言って彼は深々と頭を下げた。そして顔を上げて目が合うと、少し恥ずかしそうに笑った。

胸の中の空気が、ぶわっと膨張したような感覚だった。どことなくうきうきして、心が躍り出しそうになる。

それを明確に言葉にするとなんという感情なのか、その時はまだ、九条は気づいていなかった。

綾斗は会社のパソコンでメール文を何度も確認した後、送信し、一息ついた。

机の上に置いてあるマイカップを手に取り、コーヒーを飲む。

「データ連携の方、順調？」

席を外していた日野原が隣の席に戻ってきて、声をかけてくる。

「あ、はい」

データ連携のプログラムは、九条のきめ細かな仕様説明のおかげもあり、初めての仕様書は割とすぐに仕上がり、プログラムの進捗《しんちょく》もスムーズだ。時々、九条にメールで質問を投げているが、その返事もすぐに来る。さっき送ったメールも九条への質問だ。

あれから——九条が家に来てくれてから、早二週間が経とうとしていた。

愛《いと》しの九条と仕事でメールのやり取りをするようになり、最初はただ舞い上がっていた。それで順調に親睦を深められている気になっていたのだが、ふと振り返ると、プライベートなやり取りは、この二週間、一切していなかった。

九条と話したい。

その思いが、日に日に強くなる。

けれど、九条と自分は、プライベートで気軽にメールや電話をしていい関係なのかどうか、いまだに計りかねていた。

二日に一度エッチするなんて、すごい約束をしたのに、九条が助けてくれる理由があまりに高潔すぎて、これ幸いと下心満載で親しくなっていいものか心底迷う。

九条さんは、どう思っているんだろう。

ずずっとコーヒーを飲みながらもだもだしていると、システム課の固定電話が鳴る。綾斗は気持ちを切り替えて電話を取った。

「はい、ラボシステムです」

「ＪＣＩＳの九条です。いつもお世話になっております。白藤さんはいらっしゃいますか？」

いきなりで、心臓が止まりそうになった。

「は、はい、僕ですっ」

「先ほどいただいたメールですが、電話で答えた方が早いと思いまして。今、お時間よろしいでしょうか？」

「は、は、は、はいぃッ」

首がもげそうになるほど激しく縦に振り、隣の日野原の目だけでなく、社内の視線まで集めてしまう。綾斗は慌てて声のトーンを落としながら、さっき送ったメールをパソコンに表示した。

ていうか、九条さん、敬語……っ。

九条の声は普通、というか、多分仕事用の少し明るいトーンで、別に不機嫌でもなんでもないのだが、プライベートでいったんため口になった後、敬語に戻されるとかなり緊張する。

しかも、相変わらず流れるようにスラスラと説明してくれて、すごいと思うのだが、このままではすぐ終わりそうだ。

せっかく九条と電話できているのだから、何か話したい。けれど、さっきから日野原がちらちらとこちらを見ていて、迂闊《うかつ》なことは口に出せない。会社で話せて、プライベートな話題って……何？

「――これで全部だと思いますが、他に何かご質問はありますか？」

「いえ、だ、大丈夫です」

とうとう仕事の話は終わってしまった。

沈黙が落ちる。

一秒、二秒と、空白の時間がとても長く感じる。

次の瞬間にも、それではこれでよろしくお願いします、と電話を切られるかと思った時、ふぅ、と息を吐く音がした。

「近所だから会うこともあるかと思っていたが、会わないものだな」

「……ッ！」

トーンは下がったが、親しみは何倍も増した声に、ずきゅんと胸を撃ち抜かれる。

「なんだ、その……元気か？」

「は、はいっ。あ、あのっ、九条さんは、骨折は……？」

「ああ。今週の水曜に松葉杖《まつばづえ》が一本になった。回復は順調だ」

「そ、そうですか。よかったです」

「……今、電話いいか？」

プライベートの話をしていいか、ということだろう。

「はいっ、ちょっ、ちょっと待ってくださいね……っ」

内線の子機で電話を取り直し、綾斗はがばっと席を立った。どこかいい場所はないかと職場を歩き回ったが見つからず、結局廊下に出た。

「はい、大丈夫です、話せます」

「すまない。何かあるわけじゃないんだが……次の発情期にあんな約束をしているのに、二週間も連絡を入れなかったのは、その、よくなかったんじゃないかと思って」

……はい？

「仕事でメールをしてたから、連絡を取っている気でいたんだが……これからは仕事外でも連絡を入れた方がいい……だろうか？　……すまない、こんなことは初めてで、君とどう距離を保ったらいいのかわからなくて……」

体中の産毛が、総毛立った。

なんと言えばいいのだろう。すぐには言葉が出てこない。

九条も同じことで悩んでくれていたという嬉《うれ》しさもあるのだが、とにかくかわいすぎる。

九条さん、改めて、すごいうぶだ……！

「いえっ、僕の方こそ、気を遣わせてしまってすみません。仕事外でも連絡もらえると、はい、嬉しいです」

「そうか。じゃあこれからはそうする」

それで話が終わりそうになり、慌てて言葉を継いだ。

「あの九条さんっ、せっかくなので、週末、一緒にご飯でも食べにいきませんか？」

勢いで言ってしまったものの、九条は応じてくれた。

「ああ、それなら頼みたいことがある。私が階段から落ちた居酒屋に、あの時いろいろ世話になった礼を言いにいきたいと思っていたんだ。そこに一緒に行かないか？」

願ってもいないような、嬉しいお誘いだった。

「は、はい！　居酒屋、行きたいですっ」

「いつがいい？　土曜か日曜か」

まるでデートみたいに聞かれて、どきどきする。

「僕はいつでも大丈夫です」

「では明日、土曜の午後六時に君のアパートの前でいいか？　そこからタクシーで行くから」

「はい。明日、午後六時ですね」

じゃあまた明日、という明るい声が耳に残った状態で通話を終えた。

やった。

やりましたよ。

うぉぉぉぉぉと叫びたい。

発情期にエッチする約束はしているが、それとは違う喜びが胸いっぱいに広がる。

九条さんと、ごはん……！

その響きにしばし浸っていたが、ふと視線を感じて振り返ると、廊下に九条部長がいて、ちょいちょいと手招きしていた。

どっと冷や汗が出た。

……やばい。話、聞かれてた？

恐る恐るそちらに行くと、そのまま喫煙室兼休憩室に連行された。

中は誰《だれ》もいない。ガラス戸を閉めれば、一応密室にもなる。

「で、弟とはどこまでいったのかな？」

栄養ドリンクをおごられた綾斗は、満面笑顔の部長から直撃インタビューを受けていた。

ちなみに部長が自販機で買ったのは、飲むシュークリームだった。

「あ、隠さなくていいから。重春がオメガの子と二人で飲みにいくなんて、よっぽどのことだからね」

しっかり聞かれている。もはや言い逃れはできないようだ。

「重春と仲良くしてくれてるんだよね？」

どうしよう、と思う。自分が困るというより、九条が兄に知られてもいいと思っているかどうかがわからない。

「重春のことは心配してるんだよ。二十七にもなって、つき合ってる人の一人もいないなんてさ。アルファは三十まで童貞だったら病気になるとか言われてるぐらいなのに」

「あ、それはもう……」

何言いかけてるんだ、自分。

慌てて言葉を切るが、それでわかってしまったのだろう。部長の顔がぱぁぁぁっと明るくなった。

「ほんと？　本当に⁉」

「いや、あの」

「ありがとう！　本当にありがとう！　重春のこと、よろしく頼むね！　本当に‼」

がしっと両手をつかまれ、ぶんぶんと上下に振られる。その心底嬉しそうな顔を、綾斗は呆然《ぼうぜん》と見ていた。

この人は、男オメガが身内とつき合っても、喜んでくれるんだ。

部長がにこにこしてるのはいつものことだが、こうやって温かみを感じられたのは初めてだった。

ああ、そうだよな。この人は、あの九条さんのお兄さんなんだし。

まじまじと部長を見て、そう警戒心を緩める。

思えば、今までだって、部長は綾斗に目をかけてくれていた。そもそも、オメガに少しでも偏見があれば、将来を見越して正社員に迎えるなんて話はなかっただろう。

気づかなかったな、と思う。こんなに身近に、自分を普通に扱ってくれる人がいたなんて。

「えっと……あの、僕は、くじょ……重春さんとは、仲良くなりたいって思ってるんですけど……」

九条がそう思っているかどうかはわからない……と続けようとして、ふと思う。

これって、身内の人から話を聞けるチャンスかもしれない。

ずっと気になっているのだ。

九条がつがいを作らない理由は、健康上の問題ではないかという、加宮の仮説が。現に初めて九条と出会った時、九条は体調が悪かった。

「……重春さんは、誰もつがいにする気はないって言ってて……それって、何か健康上の理由なんでしょうか？」

「ああ、それね」

心当たりがあるらしく、部長はあっさり応じた。

「そんなこと言われても、くじけないでくれてるんだね。ありがとう。白藤君には話しておくよ。重春はそういうの、自分で言いそうにないし。ああ、別に重春の秘密とかじゃないよ。僕たちの母の話だから」

そう言って、部長は話し始めた。

父親はアルファで、母親はオメガ。アルファが主でオメガが従という典型的な関係ではあったが相性のいい夫婦で、三人の息子が生まれた。親会社にいる跡継ぎの長男と、次男である部長と、三男の九条。全員アルファだ。

ところが九条が高校生だったある日、父が女性を連れてきた。相手は父の運命のつがいだった。

父は、母と九条に言った。

一年前に彼女と出会い、交際を続けていた。彼女とつがいになるのは、九条が親元を離れて大学に行くまで待つつもりだったが、突発的に噛《か》んでしまった。

つがいになったからには責任を取る。母をないがしろにするつもりはない。母と彼女と、両方を平等に愛すると。

しかし母はひどくショックを受け、数日後に不注意により交通事故で死亡した。同居していなかった長男と部長が事の顛末《てんまつ》を知ったのは、母が死亡した後だった。

九条は、つがいを二人持とうとした父の傲慢《ごうまん》さが母を殺したのだと、父を拒絶した。

周囲は九条をなだめにかかった。「運が悪かった」、「誰も悪くない」と。アルファが運命のつがいに出会った場合、その魅力から逃れることはできないというのが常識だ。父のしたことはむしろ、「妻を充分尊重した行動だった」と評されるものだった。

「アルファとはそういうもの。運命のつがいが現れたら、妻がいても逆らえない」

親戚《しんせき》のアルファがそう諭すと、九条は言った。「それなら自分は、運命のつがいとしか結婚しない」と。それ以後、九条は誰ともつき合わなくなった。

「けどさ、運命のつがいとしか結婚しないなんて、無理でしょ？　重春だって、いつまでも子供じゃないんだから、そのうち母を失った傷は癒《い》えると思ってたんだ」

その兆候もあった。

母の死以後、父親と口をきかなくなっていた九条だが、就職の時に転機が訪れた。父の会社には入らないと言っていたが、部長がラボシステムを子会社として独立させたことで、兄を助けるために、父の会社であるラボに入ったのだ。

九条は部長と仲が良かったし、部長は父と普通に仲がいい。こうして家族の縁が切れなかったことで、九条はまた父と言葉を交わすようになった。父を許すとまではいかなくても拒絶しなくなることで、母を失った傷が癒えているようにも見えた。実際、異性に対する態度は多少柔らかくなり、社内の女性と少しいい感じにもなった。

そんな時に、九条と父の関係が崩れる事件が起きた。

「去年さ、僕が結婚したんだよ」

恋人のオメガが妊娠したのをきっかけに、部長は恋人とつがいになり、結婚することになった。その際、両家で顔合わせをすることになり、互いの兄弟も呼んだ。

めでたい日だ。

その時、こちらは兄弟と父で出席予定だったのに、父は運命のつがいを伴って現れた。

父が彼女と再婚した後も、兄弟は再婚相手と一度も会ってはいなかった。

「父は、めでたいどさくさに紛れて、再婚相手を僕たちに会わせるイベントをぶっ込んできたのさ」

父と運命のつがいは、幸せそのものだった。

結婚相手の家族の手前、部長は笑顔を保ったが、正直、微妙な気持ちだった。ここは育ててくれた互いの父母に感謝を、という場のはずなのに、死んだ母の立場がまったくない。

父が、「亡くなった妻も、息子の結婚を天国で喜んでいることでしょう」などと言った時には、さすがに苦々しい気持ちになった。

父と良好な関係の部長でさえそう感じたのだ。九条が平静でいられるはずがない。

九条は途中で退席した。

結婚相手が驚いているので、部長はとどまるよう言ったが、九条はそれも振り切って出ていった。

それから数日後、九条は会社を辞めると言い出し、ラボから去っていった。

「父への反発だよね、あれは」

九条はそれ以降、盆正月さえ実家に寄りつかなくなった。まるで家族の縁を完全に絶ち切ろうとしているかのようだった。

それで半ば強引にラボの忘年会に九条を呼んだのだが、その時、部長をかばって九条は階段から落ち、大怪我《おおけが》をしてしまった。

「もうねー、自分が情けないよ。あの時、後ろからどんって衝撃がきて、僕も一瞬は踏みとどまったんだよ？　けど駄目で、転げ落ちそうになったところで、重春が助けてくれてさ。そのせいで重春が骨折して……」

「後ろから衝撃？　誰かに押されたんですか？」

「え？　……ああ、そんなの、酔っ払いの集団だからね。体ぐらいぶつかるさ」

あははと部長は笑う。まったく気にしていないらしい。いいのかとは思うが、こういう大らかなところがこの人の美点なのだろう。

自分のせいで弟に大怪我をさせて、部長は心配している。いろいろ世話も焼きたいのに、九条はそういう支援もいらないと言う。

「もしかしたら重春は、僕のことも恨んでるのかもしれない。上の兄とは年が離れていてね。母が死んだ時に未婚だったのは、僕と重春だけなんだ。正直、僕もその時は、運命のつがいじゃなきゃ駄目だって思ったんだよ。けど、今の奥さんと出会って、そんなこだわり、あっさり消えちゃったんだよねぇ」

だから弟も、誰か好きな人ができれば変わると思っていた。

けれど、真面目《まじめ》な九条は変わらない。そんな弟が心配なのだ。母の死を、弟一人に背負わせているようで。

「僕たち家族と縁が切れるのは、もういいんだ。どうしても父とか、僕にも許せないところがあるなら、それでもいい」

飲むシュークリームをつつきながら、部長は言う。

「けど、それなら、誰かと幸せになってほしい。運命のつがいじゃないと駄目なんて、そんな運命の呪《のろ》いを、重春に背負わせておきたくない。そんなことを死んだ母も絶対望んでないから。弟に、誰かを愛する幸せを知ってほしいんだ。僕は愛する人と結婚して娘を授かって、すごく幸せだしね。あ、写真見る？」

部長は愛妻家かつ子煩悩で有名だった。

せっかくなので携帯端末の待ち受けを見せてもらった。奥さんに抱かれた娘の写真。奥さんは美人で娘はかわいい。これはデレデレになるわけだ。

「弟のこと、よろしくね」

最後に部長に、重ねてそう言われた。

綾斗は休憩室から席に戻り、仕事をしながら、聞いた話を頭の中で整理した。

……。

九条がオメガに対して傲慢な態度を取ることがないのは、父親とのことが影響してるんだろうな、というのは察することができた。

が。

部長によろしくと言われたが、自分が何をどうすればいいか、さっぱり見当がつかない。

というか、九条と少しいい感じになった社内の女性とは誰だろうという、そんなゴシップ的なことが、正直一番気になってしまった綾斗だった。


それから六日後の木曜日、綾斗は会社で残業をしていた。

派遣の綾斗は基本、あまり残業をしないが、今日はもう二十時を過ぎていた。繁忙期ではないので、社員もどんどん退社していく。

「ん、なんか今日、遅くまで残ってんな？」

隣の日野原が声をかけてくる。気づけば、社内は日野原と綾斗の二人きりになっていた。

「九条さんから電話があって、夜、うちの保守端末を使わせてほしいって」

大学に導入するシステムの更新作業を、これから九条がする予定なのだ。ＪＣＩＳからラボに接続し、ラボの保守端末を介して大学のシステムの更新を行う。普段なら九条が大学に行った際にまとめてしているが、今回は急ぎとのことで、このような形となった。

「二十時半頃って言ってたので、そろそろ電話くると思うんですけど」

「そんなことなら、俺が対応しとくけど？」

「え……」

九条と話せる機会が一つ減る。思わず顔をこわばらせると、日野原は笑った。

「うそうそ。自分が対応したいよな？　なんせS.Kujoなんだから」

「……う、はい」

「にしてもお前、すごいね。初日に、たった半日二人きりになっただけで、九条さんと仲良くなるなんてさ」

「え!?」

まさか九条との関係を気づかれているのかと一瞬ひやりとするが、日野原はデスクに肘《ひじ》をつき、ニヤニヤ笑いながら言った。

「九条さんとの仕事のメール、俺にカーボン《C》コピー《C》で送ってきてるだろ？　お前も九条さんも。それ見てりゃわかるよ」

「え、どうして」

「九条さん、仕事のメールに余計なこと一切書かない人だからさ。なのに、松葉杖がどうとか、寒いから風邪《かぜ》をひかないようにとか……。俺、こんな初々しい交換日記みたいなやり取り、CCで横から読んでていいのかなといつも思ってんだけど」

言われて、赤面する。それ特別なことだったんだ。

文末に一文程度、そういう文言があるのはビジネス上の挨拶《あいさつ》かと思い、綾斗も少し近況などを書いて返信していたのだ。

「で、実際はどこまでいってんの？」

「え……と、時々、個人的に会ってます。といっても、まだ二回ですけど」

これぐらいなら、という範囲で言ったつもりだったが、日野原は目を剝《む》いた。

「すげぇ。ほんとかよ。順調？」

「いえ、全然」

先週の土曜、九条が階段から落ちた居酒屋に一緒に食べにいった時のことを思い返す。

件《くだん》の店の階段は落ちたら死にそうなほど急で、よく骨折ですんだものだと思った。

その日は店へのお礼を込めて二人でたくさん食べて酒を飲んだ。九条は上機嫌で酒を空けていて、終わってみたらかなりの量の酒瓶がテーブルの上に並んでいた。にもかかわらず、九条の足取りはしっかりしていて、全然酔っていなかった。足が不自由な酔った九条を部屋まで送って、そのままなし崩し的に……とちょっと妄想していたが、そんなことには全然ならなかった。

それはさておき、その酒の席で九条に、「君は恋人を探さないのか？」と聞かれたのだ。

今は探す気になれないと答えたが、「つがいが外れたのだから、いい出会いもあるのでは」と真顔で言われてへこんだ。

九条が綾斗によくしてくれるのは、あくまで人助けであり、綾斗とつき合う気はないとはっきりわかった一幕であった。やはり九条は運命のつがいじゃないと……。

「運命のつがいじゃないと駄目とか言われてんの？」

日野原の言葉に、心底驚いた。

「い、言われてないですけどっ。なん、なんでそんなの、日野原さんが知ってるんです？」

「ん？　お前がここに来る前に、派遣のオメガの子がいてさ。美崎《みさき》っていう女の子。今はもういないけど。その子が九条さんが辞める時に告白して、撃沈した時にそう言われたって言ってたから」

九条といい感じになったという、社内の女性。

綾斗は思わずがばっと身を乗り出した。

「そっ、その人どういう人だったんですか？　あの、しゃ、写真とかっ」

「あー、あるぞ」

日野原は携帯端末に写真を表示させ、綾斗に見せながら話し始めた。

美崎はラボに一年いた派遣社員で、九条はその教育係をしていた。ちょうど綾斗と日野原のような関係だ。

美崎は九条を好きになり、ある日、九条と仲の良かった日野原に、九条の好物を聞いてきた。日野原はそういう、誰かと誰かをくっつけるのが趣味で、美崎の恋の相談に乗り、さりげなく協力するようになった。結果、美崎と九条は社内ではかなり仲良くなったが、プライベートで二人で何かする関係には至らず、九条が会社を辞める際、美崎が告白して振られたそうだ。

「……」

綾斗は美崎の写真を凝視していた。かわいらしい感じの人だ。

写真は二枚あり、一枚は飲み会の写真で、もう一枚は日帰りの社員旅行の写真だった。美崎はどちらも九条の隣で写っている。仲が良かったという証拠だ。

かわいいオメガ女性と何ヶ月か仲良くした後、運命のつがいじゃないからという理由で振った。

そんなことがあったなんてと衝撃を受けるというより、違和感を覚えた。

運命のつがいかどうかは出会った瞬間にわかる。なのに、何ヶ月も女性に気を持たせておいて、運命のつがいじゃないから振るなんて、そんな不誠実なことを九条がするだろうか。

振ったのは、何か別の理由があってのことではないだろうか？

「そういえば、九条さんが会社を辞めた理由って、なんだったんですか？」

九条部長からは、「父への反発から父の会社であるラボを辞めた」と聞いたものの、その説明は腑《ふ》に落ちていなかった。なぜなら、ラボは兄の会社だと、九条は認識しているように感じるからだ。

「それがよくわからないんだよな。まぁ九条さんは優秀だから、いずれはもっと大きなプロジェクトをしたいっていう希望はあったみたいだし、ＪＣＩＳからいつでも来いみたいな誘いは受けてたみたいだけど」

「大手から誘いがあったから移ったってことですか」

「いや、わかんねぇ。それだと、引き継ぎもおざなりにして急いで辞めた理由がないしな。それにＪＣＩＳは大手だけど、辞める時、九条さん、全然嬉しそうじゃなかったし。今もだけどな。それに比べりゃ、ラボで美崎と一緒にいた頃の九条さんの方が、よっぽど幸せそうだったよ」

それを聞いた時、ずんと胸にきた。

好きな人がいたのに、九条はその人を遠ざけた。

理由はわからない。けれど、それは何かおかしいと、それだけはわかる。

その時、会社の固定電話が鳴り、綾斗は受話器を取った。

「はい、ラボシステムです。……あ、九条さん、お疲れ様です」

するると横からにゅっと日野原の手が伸びてきて、固定電話のボタンを何か押す。

「ああ、すまない。さっき気づいたんだが、ラボでは派遣はあまり残業してなかったよな。これのせいで残らせたか？」

九条の声が、受話器ではなく固定電話本体から聞こえる。日野原がさっき押したのは、スピーカーホンのボタンだったようだ。日野原を見ると、しーっと指を唇の前で立てている。

「あ、えっと、だ、大丈夫です。おかげでプログラムがいい感じにはかどりましたので」

いいんだろうかと思いながら、会話が日野原に筒抜けの状態で、通話を続ける。

「他の社員はまだいるのか？」

「あ、はい。日野原さんがいます」

「……もしかして、二人だけか？」

「あ、はい」

少し沈黙があった。

「それはよろしくないな。君はもう帰れ。作業は日野原に頼む」

「え、え？　なんでですか？　僕やりますよ？」

「日野原はオメガ好きだ。二人きりだと危ない」

横を見る。日野原は目を丸くしていた。

「い、いやっ。僕、男ですから」

「男だろうが、君はオメガだ。君は危機感をもっと持った方がいい」

「……」

そんな少々過保護な発言を、他人が聞ける形で流してしまっているのは落ち着かず、綾斗はだんだんテンパってきた。

「君は何か護身術を習っているか？」

「い、いえ」

「そうか。ベータはともかく、アルファに襲われた時の対処法はいくつか知っておいた方がいい。たとえば、アルファに噛まれそうになったら、とにかく思いっきり鼻を殴れ。鼻血は簡単に出る。鼻の真ん中の仕切りの前の方に、キーゼルバッハという部位があって、そこに血管が集中しているんだ。鼻血が出たら相手は怯《ひる》むし、鼻で息ができなくなる。そんな状態でオメガを噛む奴はまずいないから、その間に逃げろ」

「……そ、そうですか。覚えておきます。あ、それじゃ、日野原さんに代わりますね」

「ああ。……また明日な」

綾斗は、笑いをこらえている日野原に交代する。日野原はすました声を作って話し、通話を切ると爆笑した。

「なんで九条さん、あんなテンション高いの」

「あ、やっぱり明るくなってますよね」

「やっぱりどころじゃねぇよ。あぁ、面白くなってきた」

日野原はにやっと笑った。

「実は何を隠そう、大学に行った日に、お前を残して俺が先に帰ったのは、お前と九条さんを二人きりにするためだったのさ」

「え、そうだったんですか？」

「おうよ。おかげでうまくいっただろ？」

もしあの日、日野原が午後も一緒にいたら。

きっと打ち合わせは時間通りに終わり、綾斗が異常ヒートを起こすのは、ラボに戻った後だっただろう。ラボにいるアルファは九条部長だけであり、部長はつがい持ちなので、つがい以外のヒートには大して反応しない。だからあの事件は大事《おおごと》にならずにすんだだろうが、正社員の話は消え、九条とはなんの関係も築けることなく終わっただろう。

「はい、ありがとうございます……！」

綾斗の中で日野原のありがたみが一気に増す。まさか日野原がキューピッドになってくれていたとは。

「それで、九条さんが言ってた、また明日っていうのは？」

キューピッドに尋ねられては仕方ない。綾斗は話した。

九条から保守端末を使わせてほしいと電話があった時、松葉杖が昨日取れたという話を聞き、お祝いという口実で綾斗から食事に誘ったのだ。つまり明日は三回目の個人的な逢《おう》瀬《せ》になる。

日野原は「やるじゃん」と言いながら席を立ち、保守端末に移動した。

「お前、変わったよな」

そこに座り、操作しながら日野原は続ける。

「せっかくS.Kujoに会えたんだから二人きりにしてやったけど、どうせ無難に、『いつもプログラム参考にさせてもらってます』、ぐらいしか言えねぇんだろうなと思ってた」

言われて思い出す。確かにあの時は、余計なことは何も言うまいと縮こまっていた。

「それがだ、あの日お前直帰しやがるし。うまくやりやがったってめっちゃ驚いたわ。それからはメールで交換日記してるし、会社の電話でなんか内緒話してるし、毎日すんげぇご機嫌だし」

それなりに隠していたつもりなのに、意外にも筒抜けで、あわわわとなる。

「す、すみません、あの」

「いやいや、よかったって言ってんだよ。お前、うちに来てもうすぐ一年経つのに、なんかまだ気ぃ張ってたし」

そう言われて、はっとした。

オメガだから、人よりがんばらないと。

正社員になれるまでは、ミスは許されない。

きっと四月になっても、「正社員になったのだから」と気を張り続けていただろう。

保守端末で九条に電話をかけ、リモートコントロールの接続をしている日野原を見る。

気づいてくれていたんだ。

あの日、直帰したのを知っているのは、綾斗が帰ってこないことを気にしていたからだ。

交換日記に気づいたのは、綾斗に任せた仕事のCCメールに律儀に目を通していたからだ。

日野原は、綾斗を気にかけてくれていた。九条部長がそうだったように。

ああ、そうだったんだ、と思った。

自分はとうに、ここで受け入れられていたのだ。なのに自分は、ラボの人たちを信じていなかった。

皆、表面上は異を唱えないけど、それは仕事だからだと思っていた。プログラマーとして綾斗が戦力になるから容認しているだけで、心の中では、オメガなんてどうせ腰かけとか、結婚相手探しとか思われてるんだろうなと思っていた。だから何か問題があればすぐに、「これだからオメガは」と攻撃されるに違いないと、ずっと気を張っていた。

それがここ最近、確かに気が緩んでいた。あの人に——九条に出会ったから。

九条が普通に接してくれたから、九条と関《かか》わりのある仕事をしている間、自分はオメガだということを忘れていたかもしれない。

ふっと、肩の力が抜ける。

一年近く見てきたのに、社内がなんとなく違って見える。ここはこんなに落ち着く場所だっただろうか。

ここが、この会社が自分の居場所なのだと、初めて思えた。

少しだけ、涙がにじむ。

このラボを愛していた九条が、ラボと綾斗の最後の架け橋になってくれたような気がした。

「はい、それじゃー」

日野原が電話を切り、保守端末から戻ってくるのを見て、気づかれないよう目元をこする。日野原は自分の椅子《いす》を引くと、どっかと座った。

「というわけでだ、これまで何組もカップルを成立させてきた俺からの、とっておきのアドバイスだ。九条さんの攻略に不可欠なもの。それはずばり、押しだ」

「押し、ですか」

「俺に言わせりゃ、運命なんて関係ないね。美崎と九条さんがくっつかなかったのは、単に両方とも奥手だったからさ。美崎から聞くたびにやきもきしてたわ。そんだけ仲いいのに、デートも行ってねぇのかよっていう。美崎に誘えって何回も発破かけたんだけどな。けどオメガの女の子って、淫乱《いんらん》って思われるの、すげぇ気にするだろ？　だから美崎も、『自分から誘うなんて、はしたないと思われる』とかって臆病《おくびょう》でさ。でもその点、お前は男なんだから、そんなことないよな？」

「もちろんです」

答えながらも、新鮮な思いだった。

そうか、男オメガにはそういう利点があったのかと。

好きな相手に、オメガだから淫乱だと思われたくない、というような発想は綾斗にはない。あ、それ女の子は気にするんだ、と今気づいたぐらいだ。

なんてもったいない。

オメガはセックスがすごいのが強みなのだから、それが有効なら自分だったらガンガンいく。

奥手なアルファである九条に対し、男らしくアタックしてがっちりハートをつかむ。それがもし、女性には難しいことなら、男オメガである自分がやらずにどうするのか。そう思うと、俄然《がぜん》燃えてきた。

「じゃあ、そろそろ帰れ。お前を早く帰すよう、九条さんにも言われたし」

その言葉に綾斗は素直に従った。机の上を片づけ、パソコンをシャットダウンする。

「お前さ、九条さんを離すなよ。運命のつがいじゃないから、なんてスカしたこと言われても、負けんな」

そう言った日野原は、意外にも真剣な顔をしていた。

もしかしたら、日野原も九条を心配しているのかもしれないと思った。理由を明かさないまま、会社を去った九条を。

「わかりました。九条さんのことは、僕が押して押して押しまくります！」

任せてください、という気持ちも込めてそう宣言し、綾斗は会社を後にした。


そして翌日の金曜日。仕事の後、綾斗はスーツにいつものダウンジャケットという格好で、待ち合わせの場所である駅の銅像前に向かった。

待ち合わせの三十分以上も前に着いたが、まあいいかと思い、寒空の下、脳内で綿密なシミュレーションをしながら待っていた。

今日は食事の後、家飲みに誘おう。そしてあわよくば、なし崩し的にエッチに持ち込もう。以前思い描いていた妄想そのままを、もう夢で終わらせないと綾斗は決意していた。

実は次の発情期エッチの開始日は三日後に迫っている。だがそれを待たず、攻勢をかけることに決めた。

考えてみれば、発情期が来て割とすぐに抑制剤が効く可能性だってあるのだ。最大十日間で二日に一度、五回エッチすることになっているが、回数は確約されているわけではない。受け身な気持ちでいたら、きっとチャンスを逃す。

九条に、好きだと言おう。

誰もつがいにする気はない。九条はそう言ったけど、そんな言葉一つを気にして引き下がるつもりはもうなくなっていた。自分は男なのだ。ここは男らしく……………なし崩し的にエッチに持ち込んでぐずぐずにした後に告白しよう。

「すみません、ちょっといいですか？」

突然声をかけられ、綾斗は我に返った。目の前には、腰丈のコートをはおり、その下にパーカーとTシャツを着た、カジュアルな格好の男がいた。同じぐらいの年だろうか。割とイケメンだ。

「大学の授業で使うアンケートを採っているのですが……オメガの方ですよね？」

綾斗の外見を見てそう判断したのだろう。頷《うなず》くと、よかった、という顔をされた。

「オメガの方の回答数が足りなくて、困っていたんです。協力してもらえませんか？」

アンケートは、「アルファ、ベータ、オメガの恋愛観について」というタイトルだった。

加宮も以前、こういうアンケートをしてたなと思い出す。数が集まらない、と困っていた。

綾斗にとって、大学は少し憧《あこが》れだ。その大学の授業のためならと思い、協力してもいいと言うと、男は近くのファーストフード店を指さし、詳しくインタビューしたいので、あそこで話せないかと言ってきた。

この場で答えられるならと思ったのに、場所を移動すると言われて少し躊躇《ちゅうちょ》したが、男に、「あの店の窓からなら、この銅像前はよく見えます。もし待ち合わせしてる人が早く来ても気づけますよ」と言われ、それもそうかと思う。それに外で待ち続けるのも少し寒くなっていて、綾斗は「二十分だけなら」と言い、男についていった。

店に入ると、男に「席、取っておいてもらえますか？」と言われ、綾斗は先に二階に上がって窓際の席を確保し、ダウンジャケットを椅子にかけて座った。しばらくすると男が二人分のコーヒーをトレイに乗せて持ってきた。

それからアンケートにそってしばらく男と話していたが、何か違和感を覚えた。それで「学生証を見せてくれませんか？」と聞くと笑ってごまかされ、そこでやっと、ああこれナンパだと気づいた。

自分がナンパされるとは思いも寄らず、気づくのが遅れてしまった。男は開き直って、「まぁまぁ、これも縁ってことで」などと言ってくるが、相手にする気はない。腕時計を見ると、もう二十分が経っていた。

「すみませんけど、帰ります」

そう言って席を立とうとしたのだが、足に力が入らなかった。

「……っ!?」

そういえば、さっきから体が熱い。

コーヒーで温まったからだと思っていたが、違う。これは……ヒートを起こしかけてる?

「どうしたの、大丈夫?」

男が聞いてくるが、その口元は笑っていた。

ぞくっと、背筋が寒くなった。

オメガの発情を誘発する媚薬《びやく》のような薬は存在する。男が薬を盛るタイミングは、あった。

「フェロモン、出てるよ。トイレ行こうか」

男は立ち上がり、自分と綾斗の荷物を持って、綾斗を立たせようとする。綾斗は椅子にしがみついた。怖い。

「ちょっと、これ、フェロモン?」

「やばくね?」

周囲の客の視線が、次々とこちらに向けられる。

「こんなところで何やってんの。サイッテー」

世間がオメガに向ける否定的な感情を一斉に向けられたようで、身がすくんだ。

誰もが助けるどころか冷ややかだったのは、「バカップルが盛っている」と思われたから、つまり男が隣にいたからだが、そんなことは発情で頭が回らない綾斗に気づけるはずもない。

「とにかく、ここにいたら周囲に迷惑だから、トイレ行こ？」

男に慌てる様子はない。多分ベータなのだろう。オメガに媚薬を盛り、トイレで犯す。計画的な犯行だ。

「――もう遅いって。フェロモン出てるのに、その状態で動き回れないだろ。公共の場でヒート起こして何かあったら、責任取らなきゃいけないのはお前なんだからさ？」

ささやいてくる声に、身の毛がよだつ。

綾斗は鞄《かばん》の中の特効薬を取ろうとしたが、鞄はすでに男の手の中だった。

「大事な薬、持ち逃げされたくないよな？　おとなしくトイレに来れば、ちゃんと特効薬も打ってやるよ。一発やった後にだけど、いいよな？　お前ももうやりたくてたまらないんだろ？」

「…………ッ」

どうしていいか、わからない。

急速に発情が進み、もう一人ではまともに動けない状態だった。

助けを求めようにも、周囲に助けてくれそうな人がいるとは思えない。被害を最小限にするには、男の言うことを聞くしかないように思えた。

男に半ば引きずられるように店の隅にあるトイレに向かう。トイレは個室だ。中に入ってしまえば、完全に二人きりで密室になる。

いいのか。

マッチングで初対面の男と何度も体を重ねたが、やっぱりそれとは違う。直前で足を踏ん張ると、男は綾斗の肩を抱き、耳打ちしてきた。

「悪いようにはしないさ。素直に従うならな」

男が猫なで声で脅してくるのが、ものすごく怖かった。

その時だ。

「——私の連れに何をしている」

真冬の冷気を思わせるような冴《さ》え冴《ざ》えとした声が、後ろから聞こえた。

普段と全然違う声。でも聞き間違えたりはしない。振り向くと、そこには背広にコートをはおった九条が立っていた。

綾斗のフェロモンをたどってきたのだろう。急ぐでもなく、ゆっくりと近づいてくる。

その姿は攻撃的ではないのに、触れれば切り裂かれそうなほど、静かな怒りに満ちていた。その気迫に綾斗までがすくみ上がる。

今までずっと松葉杖をついていて、二足歩行をしている姿さえ初めて見たのに、怪我が治った途端に印象はがらりと変わった。

真面目で優しい人。ただただそれだけだったのに、この人が存在するだけで、空気が変わる。この場の支配者が誰なのか、知らしめるような威圧に、呼吸さえ苦しくなる。

強いアルファだけが持つという、『支配』の力。それが九条の周囲で発動していた。

男は綾斗から手を離した。

「え……あー、この子、具合悪いみたいだったから、ちょっと介抱しようと……」

そう話す間にも男は一歩二歩と移動し、ちらちらと階段の方を見ている。一目で敵《かな》わないと察知し、逃げる気なのだろう。しかし走り出そうとした瞬間、九条の手が男の胸倉をつかんだ。ぐいっと男を引き寄せる。

「何をした？」

「なっ、なんもしてねぇよ！　離せよ！」

男のがなり声に、ざわっと同じフロアにいる客がざわめく。何々？　アルファ？　と興味本位の声がちらほらと上がる。

しかし九条は周囲の反応など意に介さず、胸倉をつかんだ手を男の顎《あご》の下につけ、男を持ち上げた。

「あっ……ちょっ……!?」

このフロアに従業員はいないため、誰も止めに入ろうとはしない。

九条は無言で男を見ている。

バタバタと、男の手から荷物が落ちる。

気づいたら、男の足先が、床から完全に浮いていた。

「……ひ、『ヒートアップ』、ヒートアップだよ！　知ってるだろ、有名な媚薬《やつ》……二時間もすれば効果切れるって……！」

九条が手を離した途端、男はまろびそうになりながら階段まで逃げたが、鞄がないことに気づき、びくつきながら戻ってきて自分の鞄を拾うと、一目散に逃げていった。

綾斗は呆然と九条を見ていた。

すごい。

九条と目が合い、一瞬びくっとする。その目は少し怖かった。

「ここを出るぞ。動けるか」

「い、いえ……」

「では背負う。首輪はあるか」

「は、はいっ」

床の鞄から急いで首輪を取り出し、首に巻く。大学での騒動以来、持ち歩くようにしていた。

「でも、大丈夫ですか、フェロモン……」

「大丈夫だ。君のフェロモンには多少は耐性がある。先月、発情期の君としてるからな」

九条の声から険が取れ、ほっと息が楽になった。張り詰めるような威圧もいつの間にか霧散している。九条はしゃがんで背を向け、乗れと促してくる。綾斗はジャケットを着て鞄を持ち、あ、と気づいた。

「あの、今、特効薬打ちます。そうすれば……」

「いや、薬物を盛られた後だ。特効薬の使用はできるだけ避けた方がいい」

もう、いつもの九条に戻っていた。

さっきの九条はすごかったけど、こういう細々《こまごま》と注意を払う、いつもどこかSEっぽい九条が好きだと、今、猛烈に思う。綾斗は九条の背中にしがみついた。

そして安心したところでふと気づく。松葉杖が取れてからまだ二日なのに、人を背負ったりして大丈夫なのかと。

「……あっ」

それを言うより前に、体が軽々と持ち上げられる。九条は人一人背負っているとは思えないほど、普通に階段を下り、店から出ると走り出した。

「え、ちょっ……松葉杖取れたばかりで、僕背負って走って、大丈夫なんですか？」

「……」

松葉杖が取れた時、九条はまだ足に違和感はあると電話で言っていた。

斜め後ろから見る九条の顔は、よく見ると、歯を食いしばっているようにも見える。人なんか背負って走ったら、足に負荷がかかるに決まっている。痛いのではないだろうか。

「あの……」

「いいんだ。こんな時に役に立たないなら、もう一度折れたっていい」

「…………ッ」

え、今の、今のって……。

すでにヒートを起こしているが、さらにじわじわと頬《ほお》があぶられるように熱くなる。

あんな、ピンチの時に颯爽《さっそう》と現れて、相手を持ち上げて懲らしめて。あれだって、きっと足に負担がかかったはずだ。それで今度は綾斗を背負って走って、もう一度折れてもいいって。

いや、九条さん。

それ、もう、普通に、僕のこと好きなんじゃ……？

「もうすぐだ」

言葉をかけられ、はっとする。

さっきのファーストフード店があった大通りから一本奥に入る。そこに、それはあった。

ピンクの電飾が施された宿泊施設。入り口には人魚とイルカの像がある。

ラブホテル、だった。

「……こ、こ、こ、ここっ……？」

「入るぞ」

九条さんとラブホ。

そんなシチュエーションいいの⁉　と驚く間もあらばこそ。九条は躊躇なく中に入り、ロビーにある客室パネルで一番近い部屋を選んだ。

「……そろそろまずい」

背中にいるので顔は見えないが、九条の頬が赤く上気しているのはわかる。九条は小走りで突き進み、その部屋のドアを開けた。

「白藤、どこか……風呂《ふろ》に入れ！」

言われて、靴を脱ぐのももどかしく部屋に上がり、ダウンジャケットを着たまま風呂場に入ってガラス張りのドアを閉めた。九条がどさりと床に座り込むのがガラス越しに見える。互いのいる空間が隔てられたことで、ようやく二人とも一息つけた形だ。

綾斗はヒートを起こしているものの、先月の異常ヒートの時のような強い衝動はない。九条の前で自慰を始めてしまうような恥ずかしい真似《まね》だけは、なんとかこらえられそうだ。

「だ、大丈夫ですか？」

「今はな……。だが風呂のドアには通気口がある。そのうちフェロモンがこっちにも流れてくるだろう。私はすぐここから出ていく」

足の骨は大丈夫かと聞いたのだが、そんな答えが返ってきて、え、と思う。

ここはラブホだ。

もし、九条がラットを起こして綾斗に襲いかかったとしても、なんの問題もない。首輪もつけているし、発情期ではないので避妊の必要もない。準備は万端だ。

それに一時的なこととはいえ、綾斗はヒートを起こしている。それを鎮めるためという理由で体を重ねてもいいぐらいなのに、九条はあくまで、「性交するのは発情期を乗り切るため」に限定するつもりなのだろうか？

「考えてみれば、話なら電話でできるな」

九条は立ち上がり、部屋のドアの方に歩いていく。え、もう帰るの？　と焦っていると、ガチャッ、と大きな音がした。

「……は？　鍵《かぎ》がかかってる？」

ドアの取っ手を回そうとしているらしく、ガチャガチャと音がするが、ドアは開かない。しばらくして、啞然《あぜん》とした声が聞こえてきた。

「……金を払わないと開かないのか……」

九条はラブホの精算システムを知らなかったらしく、ドアに貼《は》られている説明書きを読んでいるようだ。ちなみに綾斗はマッチングの相手と利用したことがあるので知っていた。

　ドアの前であたふたしている九条の様子に、激しく身悶《みもだ》える。やっぱりこういうちょっと困っている九条が、綾斗は死ぬほど好きだった。今すぐ風呂から飛び出して、その背中に抱きつきたい。

　だが、ラブホの精算システムを理解すると、再び九条は戻ってきた。

『『ヒートアップ』の効果は二時間ほどらしいが、念のために宿泊料金を置いていく。部屋を出る時に使ってくれ。私はこれからフロントに電話して、ドアを開けてもらう」

　当たり前だが、ラブホの精算システムごときでは九条を引きとめられなかった。九条は壁に設置された受話器を取り、フロントに電話しようとする。

「待って、九条さん！」

　思わず声を上げていた。

「もう少しだけ、ここにいてくれませんか……？」

　九条はがりがりと頭を掻《か》き、受話器を置いた。そして風呂のドアの前に戻ってきた。

「君にそんな声を出されたら、立ち去れない」

「す、すみません」

「……風呂場の空気の流れは、ドアの通気口から入って換気扇から出るようになっている。つまり君のフェロモンは基本的にはドアの外には流れないから、まあ……大丈夫だろう」

九条は諦《あきら》めたようにそう言い、コートを脱いで、室内のトイレに向かう。その後ろ姿を綾斗は見ていた。

ここで怯んではならない、という強い想いがあった。

九条は好きな人がいても、その人を遠ざける。

綾斗のためならもう一度骨折してもいいと言ったあの人を、ここで離してはいけない。

今こそ、男らしく、アグレッシブに、押して押して押しまくる時だと、ヒートで煮えたぎった頭で綾斗は決意した。


九条はトイレの便座に腰を下ろして、ズボンの左裾《すそ》をまくり上げ、足の状態を見ていた。見た目に異常はないが、足はずきずきと痛みを訴えている。帰りはタクシーを使うべきだろう。

「……」

ラットを起こしかけていたのがいったん収まり、九条は自分を落ち着かせるように息を吐いた。

本当は白藤に引きとめられようが、すぐにここを出るべきだった。そうしないと、自分の感情を制御できなくなりそうだからだ。

ファーストフード店で彼が男に何かされそうになっているのを見て、普通ではいられなかった。あんな場で騒ぎを大きくしても意味がないので、あれでも冷静に対処したつもりだが、頭の中では男を床にたたきつけていた。

あれは義憤ではない。

自分のものに手を出された。そういう感覚だった。

顔を片手で覆う。

急激に、よくない方向に進んでいるという自覚があった。

こんなつもりではなかった。

先週、居酒屋で白藤に恋人を探すよう勧めた時は、まだ本心から言えた。自分の役目は四月になるまでで、それ以降は彼に恋人ができても祝福できるつもりでいた。

だが、目の前で彼をかっさらわれそうになり、思い知らされた。彼がいつか他人のものになる時の感覚を。そしてそれを、到底許せそうにないという自分の理不尽な感情を。

九条は頭を掻きむしった。

こんな、彼を誰にも渡したくないという欲求に翻弄《ほんろう》されるのは、オメガフェロモンに煽《あお》られたせいだろうか。

いや、違う。

もう、人助けとか、情事をやり直したいとかではなくなっていた。そっちの方向に考えないように考えないようにしてきたが、もう——自分をごまかせない。

彼とはつがいになれないのに、こんなことで大丈夫なのだろうか。

これから発情期が来て、二日に一度彼を抱くことになるのに、この想いを募らせずにすむのだろうか？

「……」

しばらくトイレの床を見ていたが、そんなことをここで考え込んでもどうにもならない、と思考を振り切る。とりあえず今すべきなのは、彼をなだめて、すみやかにこのラブホから出ることだ。

九条はトイレを出て、白藤と話すべく、風呂のドアの前に戻って腰を下ろした。しかし視線の先、風呂のドアの向こうに彼はいなかった。

ん？　と思ったその瞬間、視界の外から何かがぶつかってきた。

「……ッ!?」

九条は床に横倒しにされた。ぶつかってきたというか、白藤が九条の体に乗り上げてきて、片手をつかまれ背中に回される。ガチャン、ギギギギという硬質な音が聞こえた。

……は？

もう片方の手も背中に回され、同じようにガチャン、ギギギギとやられる。

手首のサイズに合わせて狭められた冷たい金属の輪が、両手首にはめられている。背中なので見えないが、この形状は手錠しかない。

「……おい、ちょっ……なん……ッ」

白藤を振り払うように身を起こす。反射的に手を動かそうとするが、左右の手首をつなぐ鎖は短く、ほとんど自由度はない。当然、手を前に回すこともできなかった。

「どっ、どこからこんなもの⁉」

「部屋の自販機で買いました」

「……は⁉」

九条は驚愕《きょうがく》の思いで、白藤が指さす部屋の奥を見た。ラブホの部屋にはコンビニボックスという小さな自販機が置いてあり、そこで大人のおもちゃが販売されているのだが、そんないかがわしいものが当たり前のように各部屋にあるなどと、ラブホ初心者の九条が知るはずもなかった。

「……いやっ、じゃなくっ、どういうつもりだ⁉」

気を取り直して質問を変えたものの。

「僕、したいです」

顔を発情で火照《ほて》らせ、目を潤ませた背広姿のチワワにひたっと見つめられてそう言われ、言葉に詰まった。

……だろうな。

ヒートを起こしている相手に、どういうつもりだも何もない。何かしらの分別を期待した己の認識が間違っていた。

「だめ?」

「……いや……それは……」

「九条さん、好き」

上半身をくねらせながら絡みつかれ、キスされる。キス。まただ。

彼が好きなのは自分ではなく、俳優なのに。

「……っ」

かわいらしい舌でちろちろと唇を舐《な》められ、口を開かされ、中に潜り込まれる。こんな身代わりのキスなど不本意なのに、それでも結局は嬉しくて、体はぶわっと熱を持つ。

ラットだ。もう止められない。

「……避妊薬は?」

かろうじてそれだけは聞くと、チワワは大丈夫、と答えた。

「わかった、君のヒートを鎮める。だから手錠《これ》は外してくれ……っ」

そう譲歩したのに、興奮状態のチワワは聞こうとしない。九条を床に押し倒し、九条のズボンと下着を途中までずり下ろし、すでに勃《た》ち上がっているその先端に舌を押しつけてきた。

「……ッっ!?」

そんなところを、舐められるなんて。

ぞくぅっと、性欲が全身を駆け巡る。口でされるなんて、もちろん初めてのことだ。

「ばっ……君……っ。そんなことしても、ヒートは収まらない……だろ……っ!?」

そう言っても、チワワは舐めるのをやめない。九条を口に含み、ぬちゅりと舌を絡めてくる。そして口にくわえたまま、気持ちいい？　と目だけで聞いてくる。

「……ッッ！」

このチワワは、だから、そういう……!!

自身がぐっと一回り大きくなるのを自覚する。もう、このかわいいチワワに早く突っ込みたい。押さえつけてガンガン突きまくりたい。めちゃくちゃに泣かせたい。

そんな欲望で膨れ上がったそれを、彼はおいしそうに頬張っている。もう今にも爆発しそうなのだが、九条は口の中で果てるのを必死に耐えた。

だって駄目だろう、それは。

彼とはつがいになれない。だから恋人にもなれない。それならヒートを鎮めるのに必要ない行為はするべきじゃない。

アルファの力を使うか、という選択肢が脳裏をよぎる。

ベータやオメガを従わせることができる強制力。使ったことはないが、多分使えるという感覚が、彼と大学でして以来ある。初めて性交をしたことで、アルファの力が充塡《じゅうてん》されたためだろう。

「……白藤、口はやめろ」

声に力を込めたが、彼に影響力はなかった。あむあむと口を動かしている。

くそ……迷いがあるようでは、使えないのか……。

そう思って、はっとする。

迷い？　何を迷っている？　こんなの駄目だ、自分は恋人にはなれないのに……！

「白藤、やめろ……っ」

「でも、九条さん、ここ、先走りがいっぱいあふれてきて、すごいですよ……？」

濡《ぬ》れた目でまじまじと見つめられながら、ナチュラルに言葉責めされ、羞恥《しゅうち》で顔があぶられたように熱くなる。

このチワワ、手練《てだ》れか、手練れなのか？

動揺しすぎて思考が乱れ、もはやアルファの力を使うどころではなくなる。

本気で願えば止められるはずなのに、体も頭も熱くて、もう出すことしか考えられない。

「…………っ!!」

こらえきれず、勢いよく彼の口の中に放出する。

ネクタイを締めたままの彼の喉元《のどもと》が、ごくりと動く。

彼が自分のあれを飲んでいる。そんなもの飲めるのかと思うのに、彼はむしろおいしそうに最後まで飲んだ。量が多すぎて唇から白いものが少しこぼれたが、彼はそれさえも指ですくい取り、ぺろぺろと綺麗《きれい》に舐め尽くす。かわいいのにエロくて、見ていられない。

「まて……待ってくれ。とにかく手錠、外してくれ……っ」

「外したら、九条さん、逃げる……」

「……」

この手錠はヒート中のチワワを置き去りにしようとした報いなのだろうか。彼が不安そうにじっと見つめてくるので、九条はもう諦めざるを得なかった。

「……白藤、ベッドに行こう」

一度イッて頭の沸騰度が多少マシになり、九条は手錠をされたまま、痛む足でなんとか立ち上がった。下着とズボンは半端にずらされたままだったが、手で引き上げることができないので、もうその場で足だけで脱ぎ捨てた。逆に上は背広もネクタイもつけたままだ。

「すぐ回復するから、そうしたら挿《い》れろ。……こんなことは早くすませよう」

歩きながら、努めて事務的に言う。チワワはとととっとついてきたが、ベッドまで来たところで、ばふっと九条をベッドに押し倒した。

ふかふかの掛け布団が敷かれた状態で押し倒されたので、体が布団に沈み込み、ますます動きにくくなった。手が使えないので本当にされるがままだ。彼はベッドサイドで背広の上下と下着を脱ぎ落とし、ネクタイを抜き、ワイシャツだけの姿になって、九条の腰にまたがるように乗ってきた。

人の体重が心地よく、体は再び熱を帯びてくる。とろんとした顔の彼にネクタイをゆっくりとほどかれ、ワイシャツのボタンを上から順に外されていく。人に服を脱がされるのはどうにも落ち着かない。

「う、上を脱がす必要が……?」

最後まで言う前に、シャツの開いたところから彼が両手を滑り込ませ、胸を触ってきた。最初はそれになんの意味があるのかわからなかったが、彼の指が何度も胸の先に触るうちに、そこは輪郭を持ち始め、だんだん硬くなってきた。

「……」

こそばゆいとは少し違う、じれったい感覚が芽吹き、思わず身じろぎした。とにかく据わりが悪い。

「し、白藤、そんなところ、いい…………ッ」

胸の粒を片手できゅっとつままれた途端、九条は声を詰まらせた。

感じた。

下を直《じか》に触られるようなダイレクトな快感ではないが、それにつながるような刺激だった。そして、その様子をつぶさに見ていた彼は、すごく嬉しそうに顔を輝かせた。

「感じますか、ここ」

「か、感じない……ッ」

とっさにそう言い張ったが、その芯《しん》を持った粒を親指と人差し指ではさんでこねこねされると、九条の股間《こかん》は一気に張り詰めた。それが彼の尻《しり》に当たり、その反応を知られてしまう。

「九条さん、硬くなってる……」

「そっ……それは……そもそも、ラットを起こしてるからで……っ」

羞恥で体温が上昇していく。

そんなところをいじられて反応するのが、男として、アルファとして、普通なのかおかしいのかがわからない。なのに、さらに彼はそこに舌を這《は》わせてきた。

「…………ッ！」

彼の舌先で胸の粒の輪郭をなぞられ、舐められる。そんなところだけが濡れる、という不自然な状況に体が妙な快感を拾い上げる。頭がおかしくなりそうだった。

そもそも、なんでこんな、想像もしないような愛撫《あいぶ》を、さっきから仕掛けられているのか。自分に許されるのは、ヒートを鎮めるためにつながることだけなのに。

そんな九条の葛藤《かっとう》などどこ吹く風で、彼は欲情にとろけた顔で、ため息をもらすように言った。

「九条さん、かわいい」

「…………!!」

途端、死ねるほどの恥ずかしさが込み上げた。

だから、かわいいって、なんなんだ？

アルファが他より偉いという驕《おご》りはないが、年下のオメガにかわいいと言われるのは、ものすごい戸惑いを感じる。

思わず手を動かそうとするが、背中の下敷きになっている手は、ガチャガチャと短い鎖を揺らしただけだった。

なんでこんな時に足だけじゃなく、今度は手まで封じられているのか。切羽詰まって、わずかな余裕さえなくなっていく。

というか、自分そのままがかわいいとはどうしても思えない。

このチワワは一体、誰を見ている？

「九条さん、かわいいです、最高です……っ」

その無邪気な言いように、九条はついにブチッと切れた。

「かわいいって、なんだ!?」

その剣幕に、チワワはびくっとした。

「私の方が年上だろうがっ。それともなんだ、私に似ている俳優とやらが、君より年下なのか？」

「え、え？」

「さっき君といた男、なんだったんだ？」

そんなことを蒸し返している場合ではない気がするのに、言い出したら止まらない。

「え、あ、あれは駅前でナンパされて……」

アンケートだと思ってついていったと話すチワワの無防備さに、むかっとくる。だからもっと危機感を持てと言ったのに。

「そんなこと今までなかったので、ナンパだと気づかなくて……す、すみませんっ」

「どうだか。あの男、なかなかイケメンだったじゃないか。私より若かったしな。だからついていったんだろう？」

気づいたら、そんなことを言ってしまっていた。醜い嫉妬《しっと》丸出しの感情が制御できない。

「君が私に執着するのは、そのかわいいとかいう俳優に似てるからだろ？　私程度の顔なら、私じゃなくても、他にいくらでもいるんじゃないか？」

彼は真っ青な顔で、あわあわしている。

自分は何を言っているのか。

言っていて、自分が惨めで見苦しすぎる。

なのにもう自分で自分を止めることができず、言い返せるものなら言ってみろ、とばかりに半ば開き直って睨《にら》み返すと、泣きそうな顔で彼は叫んだ。

「僕が好きなのは、顔じゃありません！　貴方《あなた》の、プログラムです‼」

「…………は…………？」

それはさすがに、まったく想定していなかった。

プログラム……？　は……？

完全に虚を突かれていると、彼は思いの丈を全力でぶつけてきた。

「以前、ラボのプログラムを見て、救われたって話しましたよね？　あのプログラムを書いた人が、S.Kujoなんです」

「……」
S.Kujo。プログラムの作成者を記述するコメントに自分が書いていた名前だ。
「S.Kujoのプログラムに出会って、プログラムが好きになりました。こうなりたいっていう目標ができて、生きる希望が見えたんです。今の自分がいるのは九条さんのおかげです。僕にとって貴方は、プログラムの神様なんです。だから初めて会った時、すごく嬉しかったですっ」

「……」

「それとっ、好きな俳優に似てるって言ったのは嘘《うそ》ですっ」

彼はまだまくし立てていたが、九条は唖然としていた。

なんだ、それは。

ラボでソースコードを見て、それに惚《ほ》れ込んで、その作成者をプログラムの神様とまで崇《あが》めて、それでたまたま仕事相手としてその作成者が現れた。

それが自分……？

実感はまったく湧《わ》かないが、思い当たる節はある。確かにプログラムの話になると、このチワワは目をきゅるるんと輝かせていた。

それで……最初から……あんな崇拝の目で……。

「九条さん」

その呼び名がダイレクトに耳に響いて、どきりとする。

好きな俳優の代わり。

そのワンクッションがあったから、このチワワとかろうじて距離を保ててきたのに、それが突然なくなり、九条は狼狽《ろうばい》した。

それじゃこのチワワは、誰の代わりでもなく、私が好きなんじゃないか……。

遅ればせながらその理解に達し、焦る。

そんなのは、困る。

そんなことを言われたら、もう……。

「僕じゃ、駄目ですか？」

腹の上に乗っている彼が、いつになく真摯《しんし》な目で聞いてくる。そのくりくりとした大きな目に引き込まれそうになる。

彼とはつがいになれない。恋人にはなれない。

その絶対のルールを、書き換えることはできないのか。そのあり得ない可能性を、考えそうになる。

いやそんなのは無理だ、無理なのだ。そんなことは自分にはできない。だって……。

「運命のつがいじゃないから？」

その言葉に、目を瞠《みは》った。

一般論を言っただけか。いや違う。彼の目は、何かを知っている。

「……君、それをどうして……」

「九条部長から、九条さんのこと、聞きました。お母さんのことで、運命のつがいじゃないと駄目だと思ってるって」

「……」

ああそういうことか、と思う。それなら――問題ない。

「……そうだ。君は私の運命のつがいじゃない。だから君を選ぶことはできない」

お決まりの言葉を口にした。

美崎を振った時も、そう言った。

嘘ではない。

しかし本当はそうじゃない。それこそ、誰にも言えないが。

彼はなんと言うだろう。運命だけがすべてじゃないとか、食い下がってくるだろうか。

でも無駄だ。彼が何を言ってこようと――。

「それは、嘘ですよね」

どくん、と心臓が跳ね上がった。

驚きすぎて、息さえ止まる。

目の奥、心の奥までも見透かすようなまっすぐな視線に、絡め取られる。

どうしてそう言い切れるのか。どうしてそう、わかるのか。

兄から母の話を聞いたなら、なおさら、なぜそれが嘘だとわかる？

「そんな理由で、僕は諦めません。少なくとも、本当のことを言ってくれるまで、僕は諦めませんっ」

見たこともないような凛々《りり》しい顔で言われ、それを呆然と見上げることしかできない。

「九条さんが、どうして親しくなった相手を遠ざけようとするのかわかりません。けど、僕は、貴方を一人にしたくないです」

その言葉が、胸を射貫く。

自分はずっと一人だった。これからもずっと一人だ。そうするべきだ。

その凍《い》てついた決意に、このチワワはまるでやかんの熱湯でなんとかしようとするような無謀さで、挑んでくる。

そんなもので溶けるわけない。

そう思うのに、熱湯を注がれたところから、じわじわと、氷の決意は溶かされていく。

あえぐように九条は言った。

「私は君を、幸せにできない」

彼は笑った。

「大丈夫です。貴方に会えた時点で、僕はもう幸せです」

熱湯が、高温に熱した鉄球となり、分厚い氷の中を貫通していく。不覚にも涙がにじんだ。

彼のこの明るい熱愛に、自分の心はいつの間にか、溶かされていた。

もういいんじゃないか、と思った。

すべてを打ち明けて、彼と一緒に人生を歩みたいと願っても。

彼に手を伸ばそうとして、またガチッと手錠に妨げられた。だからなんで、こんな大事な時に手が使えないんだと焦《じ》れる。

「……も、いいから、早く、挿れろ……っ」

とにかく手錠を早く外させたくてそう言ったのだが、別の意味に取られたらしく、チワワは目をらんらんと輝かせてそれはもう喜んだ。

「はいっ!!」

彼は躊躇なく、九条のすっかり育った欲望に手を添え、その上に腰を落としていく。硬く膨張したそれが彼の肉を押し広げ、ぐちゅりと奥深くまで呑《の》み込まれる。これで二度目だが、その快感は凄《すさ》まじく、九条は一息に快楽に呑まれそうになる。

すぐにでも出そうだったが、あまりに早すぎるのは恥ずかしく、つい見栄を張って我慢した。そんなことはつゆ知らず、彼は淫《みだ》らに腰を振って九条をこすり上げ、ぎゅううっときつく締めつけてくる。

「……くぅ……っ」

九条が眉《まゆ》を寄せる。さらにぐぐぐっと彼の中がいっぱいになり、極みが見えたその時。

「あ……あれ？」

最後の高みに上ろうとしたのだが、彼の腰が動かなくなる。九条の根元で亀頭球が膨らみ、抜けないように固定されたのだ。通常、この状態になると、もうイくだけのはずなのだが。

「…………」

最後の瞬間が、来ない。

どうやら精神的な緊張か何かのせいで、一時的にイけない状態になっているらしい。九条は慌てた。

「す、すまない。充分興奮はしてるというか、そもそも発情してるんだが……」

なんとかしようと、彼を上に乗せたまま腰を動かそうとする。だが、そんなことをすれば足にも負担がかかる。

「待って、動かないでくださいっ。そっちをこすらなくても、こうすれば……っ」

彼は再び、九条の胸のとがりをいじり始めた。

「なっ、何を……っ」

「さっきここで感じたら、そっちも反応してましたよね？　それなら、ここを刺激すれば、そのうちイけるはずです」

一瞬黙った後、九条は目を剝いた。

「わ、私に、胸の刺激だけで、イけと……っ⁉」

「大丈夫です、きっとできますっ」

そう言った彼の顔は、まぶしいほど輝いていた。

ちょっと、ちょっと待ってくれ。

「そ、そんなこと、した……したくな……」

「でも、このままもし抜けなかったら、救急車呼ぶことになりませんか？」

「…………っ‼」

――それから、チワワに乳首を責められる地獄が始まった。

つまれ、引っ張られ、押し潰《つぶ》され、終《しま》いには舐めて舐めて吸い上げられた。

「…………もう……いぃ……ッ」

信じられないほど恥ずかしい目に遭わされ、九条は半泣きだった。もう左右の乳首は責められすぎて、息を吹きかけられても感じるほど敏感になっている。

一方、彼の方はとうに我慢の限界を通り越していて、九条の乳首を弄《もてあそ》びながら自分で前をしごいてさっきイッた。そのせいで身も心も脳みそもとろとろになっている。

「ん……九条さんのここ、おいし……なんか……吸うほど甘くなっていく気が……っ」

「嘘つけ……‼　そんなところから、何も出るか……‼」

そして十数分後、九条は大学での悔いが残りすぎる初体験のリベンジを果たすどころか、エロチワワに胸を吸われまくって絶頂を迎えたのだった。

それから三日後である。

二月十一日の月曜祝日、待ちに待った九条との発情期五回エッチの初日となるはずの日、綾斗は家で愕然《がくぜん》としていた。

「嘘だろ……？」

発情期が来たので抑制剤を飲んだら、普通に効いた。

なんのことはない。

今まで抑制剤がよく効いていたのは綾斗の体質であり、『つがい』は無関係だったのだ。

一番よかったのだが、よくない。超絶よくない。

空気読めよ、自分の体。ここで抑制剤効いてどうするんだよ。九条さんと五回戦、できないじゃん……!?

九条にどう言おうか悩んだが、こんな大事なことで何か嘘がつけるはずもない。綾斗は夕方になって電話し、正直に抑制剤が効いたと説明した。

九条は黙って聞いていたが、綾斗が一通り報告を終えると、ははっと笑った。

「よかったじゃないか」

それは聞いたこともないような、晴れやかな声だった。

「えぇ!? う……はい……よ、よかった……よかったんですけど……っ」

「お祝いをしないとな」

「そ……それは、はい、嬉しいですけど……ッ」

その未練のない声に、涙がちょちょぎれそうになる。

ラブホでなし崩し的に、最初から好きだったことを告白した形になったが、事後、九条は羞恥で死にそうな顔をしていて、返事をもらえる雰囲気ではなかった。

というか。

いくら押して押して押しまくるにしても、助けられておいて手錠をかけるとか、ない。絶対にやりすぎたと、綾斗は家でのたうち回るほど後悔していた。

そして今、約束の発情期エッチがなくなり、九条はまるで肩の荷が下りたようにさっぱりとしているわけで。

……やばい、振られる。

綾斗の立っている床が丸くくり抜かれ、がこんと奈落《ならく》の底に落ちていく感覚にとらわれた、その時。

「君に話したいことがあるんだ」

静かな声が鼓膜を打った。

その言葉に、はっとする。

周囲の音は遠ざかり、九条の電話の声だけが明瞭《めいりょう》に耳に入ってくる。

この前、本当のことを言ってくれるまで諦めないと、綾斗は言った。その答えが聞けるのだろうか。綾斗はごくりと唾《つば》を呑み込んだ。

「は、はい。どうぞっ」

すると、笑う息が聞こえてくる。

「いや、さすがにこれは君の顔を見て言いたい」

「そ、そうですか」

それから次に会う日を決めた。最初は週末に決まりかけたが、九条が途中で何かに気づき、「木曜にしないか」と言い出した。それも木曜の夜は九条に仕事の作業が入っているので、昼食をラボの近くの店で食べないかと言う。そのために、九条は午前休を取るそうだ。

いいんですかと聞いたが、有給が余っているから使った方がいいのだと言われ、それならと快諾した。

「じゃあ、木曜に」

そう言って、電話を終えた。

希望はつながった……のだろうか？

綾斗は緊張が解け、ばふっとベッドの掛け布団の上に倒れ込んだ。

しかし、木曜に何かあるのだろうか。

何気なく壁に引っかけてあるカレンダーを見て、あ、と思う。

木曜日は二月十四日。バレンタインデーだった。

まさか。まさかだよ。

いや、もしかして、もしかするのでは……!?

木曜当日、なんとなくバレンタインで空気が浮ついた社内で、綾斗も朝からそわそわしていた。「なんだお前、誰かさんと予定でもあんの?」と日野原にからかわれながら、待ちきれない思いで午前中を過ごし、昼休みのチャイムと同時にダウンジャケットをはおってエレベータに飛び乗り、オフィスビルの入り口を一歩出た。そこで九条を待とうと思ったのだ。

ところが、そこには先客がいた。

二十代だろうか。若い女性だった。コートにスカートという普通の格好なのだが、とても綺麗で、外見でなんとなくオメガだとわかる。その女性が綾斗のネームプレートを見て、話しかけてきた。

「ラボシステムの方ですか? あの、お願いがあるんですが……」

その女性はラボの社員の妻で、夫が弁当を忘れたので届けにきたのだそうだ。しかし、ビルに着いて電話をしても、夫と連絡が取れない。このビルの入り口には『関係者以外立ち入り禁止』と書かれているため、自分一人で入っていいものか迷っていたところに、綾斗が来たのだそうだ。女性は大事そうにランチバッグを持っていた。

「ああ、それなら僕と一緒に行きましょう」

綾斗は快く応じた。その女性に見覚えがあり、社員の妻というのは確かだと思ったからだ。どこで見たかは覚えていないが、綾斗は一度、ラボの社員旅行に同行したことがある。多分、その時だろう。

綾斗はその女性とエレベータに向かった。しかし昼ラッシュが始まっていて、エレベータはなかなか来そうにない。ラボは三階なので、階段を使うことにした。

女性と一緒に階段を上る。

「すみません、ほんとに」

「いえいえ。お弁当忘れるの、時々あるんですか？」

「いえ。今日は手の込んだお弁当を作っていて、そのせいで、いつも主人がお弁当を鞄に入れるタイミングに間に合わなくて。気づいたら、忘れられていたんです」

それで一度は諦めようと思ったのだが、どうしても諦められず、子供を親に預けて届けにきたのだそうだ。よほどがんばったお弁当だったのだろう。

ご主人の誕生日ですか？　と聞こうとして、ああ、と思い直す。

「バレンタインデーだから、ですか？」

恥ずかしそうに笑って頷く女性がかわいく見えた。これは旦那《だんな》さんと仲いいんだろうなと微笑《ほほえ》ましくなる。

そうしているうちにラボの事務室に着き、カードキーでドアを開ける。女性と一緒に中に入ると、「あ、いました」と女性が言った。

見ると、会議室から社員が数人、出てきていた。夫と連絡が取れなかったのは、会議が長引いたせいだったようだ。女性に深々とお辞儀をされ、綾斗は照れながら女性と別れた。

再びビルの一階まで戻ろうと階段を下りていると、九条から電話がかかってきた。

「今、三階に来ているんだが、君はどこだ？」

どうやらすれ違ったようだ。

「あ、僕、戻ります」

綾斗はそう言って、再び階段を上がった。なんだか今日はよく階段を使う日だ。

そして二階と三階の間に来た時、その声が聞こえてきた。

「……どうして貴方が、こんなところにいるの……？」

さっきの女性の声だった。その声は泣き出す前のように揺らいでいる。

おかしいと思い、階段を見上げる。あの女性と背広にコートの男が、階段を上がったところの防火扉の前にいた。

「貴女こそ、どうして……」

地を這うような、男の低い声がする。普通じゃない、ただならぬ執着が感じられる。

「駄目、それ以上近づかないでっ。私、帰る……帰るからっ」

女性が緊迫した声を上げる。相手はストーカーだろうか？

怖いけど、女性が襲われそうになっているなら、ここで隠れているなんてできない。綾斗は階段を一気に駆け上がった。

そこで目に飛び込んできた光景に、息を呑む。

去ろうとしていた女性は男に腕をつかまれ、その綺麗な顔をぐしゃりと歪《ゆが》めた。

恋する乙女《おとめ》の顔だった。

彼女は吸い寄せられるように振り返り、男の胸に飛び込んだ。

防火扉の前で、彼女は男の首に手を回し、情熱的なキスをしている。男の手も、しっかりと彼女の背中に回されていた。

信じられなかった。

だって、男の方は。

「九条……さん……」

男が――九条が、はっとしてこちらを見る。女性も我に返って体を離した。

「違う、今の……そんなつもりじゃ……っ」

狼狽するように口走り、彼女は綾斗の横をすり抜け、逃げるように階段を下りていった。

その場には、九条と綾斗だけが残された。

嘘みたいな出来事だった。

昼休みに九条と合流する。それは予定通りなのに、さっきの一瞬で、今まで見えていたものが何もかも意味を変えていく。

九条が、人妻とキスするなんて、あり得ない。

普通なら。

「あの人……運命のつがいですか？」

その問いに、九条は蒼白《そうはく》な顔で頷いた。

重苦しい沈黙が落ちた。

なんで、どうして？　と次々と疑問が渦巻くのに、頭が回らない。言葉が出てこない。

「黙っていて、悪かった……」

消え入りそうな声でそれだけ言うと、九条は階段を下りていく。その後ろ姿を、呆然と見送った。


『貴女を愛してる』

『私もよ。もう何があっても、貴方から離れない……！』

ドラマの中で、主人公のオメガと、運命のつがいであるアルファが結婚式を挙げている。優しいベータ夫は紆余曲折《うよきょくせつ》の末に身を引いた。夫との子供は主人公が引き取ってアルファと一緒に育てることになり、主人公のお腹の中には新しい命が、というハッピーエンドで最終回を迎えた。

それを、綾斗は呆然と見ていた。

オメガとアルファで、運命のつがいなら、夫がいても子供がいても関係ない。二人は結ばれる運命なのだ。

九条の衝撃的なキスシーンが脳裏をよぎる。あのバレンタインデーから、すでに十日が経っていた。

九条には運命のつがいがいて、その相手は人妻だった。

九条も社員旅行か何かで、あの女性と出会ったのだろう。そして苦悩し、耐えきれなくなって会社を辞めた。その時に美崎とも別れたのだ。

九条には、運命のつがいが現れたせいで母が死んだ過去がある。運命のつがいがいるのに、他の誰かを選ぶことなど考えられないだろう。そして運命のつがいは人妻なので手に入らない。

だからか、と思う。

九条は「誰もつがいにする気はない」と言っていた。思えば、運命のつがいを待っているなら、「誰も」はおかしいのだ。

「まさか同情してるんじゃないだろうね？」

電話口で加宮が言う。加宮にはすべて話していた。

「運命のつがいがいるアルファなんて論外だよ。人妻だから手を出せない？　そんなの、その人妻の家庭が今後どうなるかわからないからね」

その人妻が夫と不仲になったら？

子供が病気や事故で死んだら？

子供が成人したら？

夫が早死にしたら？

何もなくても、マンネリという避けがたい退屈が長く続いたら？

何か危機が訪れるたびに、その人妻オメガは心のどこかで思うだろう。「こんな時、運命のつがいであるあの人がそばにいてくれれば」と。そしてそんな心の隙《すき》を見せたオメガを、運命のアルファが見逃すはずがない。

「今の九条さんがかわいそうなのはわかるよ。会社を辞めたってことは、その人妻とは一緒になれないって思い切ってるのかもしれない。けどね、五年後、十年後の九条さんは、きっとその女性と一緒にいるよ」

うん、と頷く。

わかっている。

あのオメガ女性は九条を振り切って逃げたが、彼女が九条に強く惹《ひ》かれているのは見てとれた。九条だってそうだ。

綾斗が心から欲しているのは、確かな絆《きずな》だ。オメガだとわかったあの日から、家族に厄介者扱いされ、東谷に捨てられ、綾斗はずっと、自分と添い遂げてくれる人を探してきた。その基準から言えば、運命のつがいがいるアルファなんて、捨てられる可能性が高すぎて、絶対駄目な相手だ。

そう頭ではわかっているのに、感情がまったくついていかない。

あれから九条からの連絡はない。

仕事でも仕様を聞く段階は終わっていて、メールや電話のやり取りはもうしていない。九条との関係は、あまりにもあっけなく切れていた。

何にも身が入らなかった。

大好きなプログラムも、会社で漫然とこなしているだけだった。参考にしているソースコードを開いた時に、S.Kujoの名が目に入ると、ずきんと胸が痛む。

九条に感謝こそすれ、恨む筋合いなど、どこにもなかった。自分が勝手に好きになっただけで、九条は困っている綾斗を助けてくれていただけだ。

いや、もしかしたら、好きだと、少しは思ってくれていたのかもしれない。だからあの日、ランチに誘ってくれた。

けれど、運命のつがいに会って、改めて気づいたのだろう。やっぱり、あの女性でないと駄目なのだと。

綾斗は何も失ってなどいない。

九条のおかげで、四月には正社員になれるだろう。自分の居場所だと感じられるようになったラボで、大好きなプログラムを続けられる。

なのに。

ふとしたことで、涙が出て止まらなくなる。

会社でそうなると、綾斗はトイレの個室にこもった。

どうしよう。何もしたくない。何もしたくないのだ。

トイレの便座に腰かけて、ただ、目の前のドアを見る。

自分は何を、失ったんだろう。

プログラムとか正社員の地位を、自分が生きるために必要なものだと思っていた。それを与え、それを守ってくれた九条が大好きだった。

今、知る。生きるすべよりも大事なものが、あったんだ。

それがなくなるなら、九条がいなくなるなら、意味がない。生きる意味がないのだ。

抑えることもできず、声を上げて泣く。

喉が痛い。

体に力が入らない。いつからまともに食べてないんだろう。

知らなかった。

今までずっと幸せにしてくれたのに、こんなにも簡単に、絶望にたたき落とされる。

これが、恋なんだ。


それからさらに、十日が経った。

九条のことを思い出して突然泣き出すようなことは、もうなくなった。

この前、加宮が来てくれて、気晴らしにと一緒に街に出た。すると、綾斗は二度もアルファの男に声をかけられた。加宮が言うには、どちらもレベルが高かったそうだが、綾斗は何も感じなかった。

あの日以来、心をごっそりと持っていかれていた。おいしい店に行っても、話題の新商品を見ても、何もかもが味気なく、ただ疲れただけだった。同行してくれた加宮には申し訳なく思うばかりだ。

「まともに恋愛したのが初めてだったからかもしれないけどさ……正直、一ヶ月つき合いがあっただけの相手にそんなに落ち込んでたら、もたないよ？　そもそも相手は『誰もがいにする気はない』って最初から言ってたわけだし。大学で危ないところを助けてもらえてラッキーだった、ぐらいに思うべきじゃない？」

　加宮にそう言われ、あまりにその通りでぐうの音も出なかった。

「恋愛なんてそんなものだよ。恋愛に絶対を求める方が間違い。運命のつがいじゃないんだから」

　そう。絶対を求めだしたら、運命のつがいしかないのだ。わかっていたつもりだけど、わかってなかった。全然。

「まあ、失恋の痛みなんて、結局は時間が解決してくれるけどね」

　そうなのだろうか。

　いずれ、この胸の痛みも苦しみも、切なさも、ゆっくりと麻痺《まひ》していくのだろうか。九条のあの濡れ羽色の目を思い出しても、何も感じなくなる日が来るのだろうか。それで自分は、いいんだろうか。

　その日の仕事もいつの間にか終わり、綾斗はのろのろとラボを出た。金曜日だ。

　これで今週も終わった。

　そう思ったが、週末になったって、楽しいことなんて何もないのだと気づく。

　どこかに行く気力はない。たまった家事もしたくないし、自分を食べさせるのも面倒だ。

結果、カップ麺《めん》ばかり食べて、最後は嫌になる。

「あ、お疲れー」

オフィスビルを出たところで声をかけられ顔を上げると、そこには九条部長がいた。今、営業車で帰ってきたところらしい。

お疲れ様です、と挨拶をして通り過ぎようとしたが、そうはいかなかった。

「大丈夫？　最近、元気ないけど」

「あ、まあ……」

「重春が原因？」

「……」

どう言って切り抜けよう、と思う。

九条は部長に、運命のつがいがいることは言っていないのだろう。

当然か、と思う。自社の社員の奥さんが弟の運命のつがいなんて、知らない方がいい。

綾斗も言わない方がいいだろう。

九条とはもう会ってない。そうとだけ言おうとした時、ぶわっと全身に鳥肌が立った。

背後から、何かを感じる。

何、この、感覚。

全身がその存在を感じようと、神経を研ぎ澄ませる。近づいてくるそれを、綾斗は吸い寄せられるように振り返った。

そこにいたのは、一人の男だった。

コートにスーツ姿の、背の高い男。髪は明るいブラウンで、顔は。

その姿を視界に収めた瞬間、世界が変わった。

この人と出会うために、自分は生まれてきたんだ。

そんな感慨が瞬時に湧き起こるほど、圧倒的な存在感に、身震いした。

「やっと会えたな。俺の運命のつがい」

その声が絶対のものとして、綾斗の鼓膜を痺《しび》れさせる。

ああ、これが運命なんだ。

出会えただけで、胸が打ち震える。血が何倍もの速さで駆け巡り、綾斗を形作る細胞という細胞が歓喜している。

なのに。

男に駆け寄って抱きつきたい衝動が押し寄せてくるのに、足は一歩も動かなかった。

あまりにも似ていたのだ。

中学の時、自分を見捨てた、あの東谷に。

「う、運命のつがい？　そんな……」

硬直している綾斗の代わりに、部長が斜め後ろで驚きのリアクションをしてくれている。

男は部長をちらりと一瞥《いちべつ》すると、ふっと笑った。

「ここじゃなんだから、どこかに行こうか。ホテル？　それとも君の家の方がいい？」

その言葉は絶対的な優先順位をもって、綾斗に投げかけられる。けれど必死に抗《あらが》った。

「……近くのお店でいいですか」

「そこに個室はある？」

「ないです」

「じゃあ駄目だ。君とゆっくり話せない」

「これでも、身持ちは堅い方なんで」

反論するにも気力を使う。気を抜くと、なんでも言うことを聞いてしまいそうだった。

男は意外そうに目を瞠った後、クックッと笑った。

「さすがは俺の運命のつがいだな。一筋縄ではいかないか。いいよ。最初ぐらいは君の希望通りにしよう」

大したことを言われたわけではないのに、言葉の端に尊大さを感じ、びくりとする。自分を捨てた東谷にも、そういうところがあった。

怖い。

だけどこの存在から、離れられるわけがない。

運命の糸に絡め取られながら、綾斗は男とともに歩き出した。

綾斗が入ったのは、会社の近くの普通の定食屋だった。テーブル席が六つとカウンター席があり、平日の昼ならサラリーマンで賑《にぎ》わう。安くておいしい店で、ラボの社員がよく使っている。綾斗も常連だった。

洒落《しゃれ》た雰囲気などなく、テーブルには箸《はし》と調味料だけでなく箱ティッシュまであるような店で、男は「こんなところに入るのか？」という不満顔だったが、綾斗はどうにか押し切った。

ヒートは起こしていないものの、運命のつがいの匂《にお》いで体は熱く火照っていて、長く歩き回れる状態ではなかったし、こんな普通じゃない状況では、せめてよく知った場所にしたかった。綾斗は日替わり定食を頼んだが、男は食べる気が起こらなかったのか、ドリンクだけ注文した。

男は、東谷彰英《あきひで》と名乗った。綾斗のうなじを噛んだ東谷克英の兄だった。

その東谷は目の前で、ゆったりと足を組んで座っている。

整った顔に涼しげな目元。まるでどこかの王族のような気品が漂う。彼が座っているのはただの定食屋の椅子なのに、彼が座ると、その簡素な椅子さえも、由緒ある歴史的な芸術品のように見えてくる。

昔、この姿に胸をときめかせたのを思い出す。あれは運命のつがいの弟だったからなのだろう。そして今、運命のつがい本人を前にして、中学の時とは比較にならないほど惹きつけられ、大きな何かに呑まれそうになっている。東谷はうっすらと笑みを浮かべながら話し始めた。

東谷は、東谷コンツェルンという大企業グループの御曹司で、二十代後半という若さで、すでにある会社の社長を任されているそうだ。その会社の話や社長としての考えを聞いているうちに時間は過ぎた。

その話自体は悪くはなく、この男が有能なアルファとして社会で活躍しているのはよくわかった。

だが、弟が中途半端ながら『つがい』にして捨てた相手に対して、最初にする話がそれなのかという配慮のなさは凄まじく感じた。

彼は、弟が綾斗に何をしたかについてはまるで関心がないようで、謝罪どころか当時のことについては一切言及はなかった。確かに彼の弟が綾斗をないがしろにしたことを、彼が謝る筋合いはないだろう。そういうドライなところが、良くも悪くも彼という人間をよく物語っていた。

「それにしても、君は申し分ないな。匂いがそそるのは当然として、外見もトップクラスで俺好みだ」

東谷は値踏みするようにこちらを見て、満足そうに頷いた。

「今まで何人か恋人はいたけどね、誰もつがいにはしてないよ。どの業界でも大きく成功しているアルファは、大抵つがいは一人なんだ。つがいを何人も持っているのを自慢するアルファもいるけどね、あんなのは愚の骨頂さ。生涯の伴侶《はんりょ》を嗅《か》ぎ分ける判断能力さえないことを露呈しているんだからな。俺はそんな奴らとは違う。待った甲斐《かい》があったよ。運命のつがいなら、アルファのパフォーマンスを最大まで引き出せる。最強のカードだ」

なんでだろう。

話を聞けば聞くほど、こいつだけはないと思うほどいけ好かないタイプなのに、嫌いになれないどころか、すごく魅力的に見える。自分はこの人のものになるのだという陶然とした高揚に包まれながらも、どこか空恐ろしさも感じていた。

マッチングの時の、アルファたちが綾斗の匂いを嗅ぎ、体をつなげ、「お前じゃない」とうち捨てていった姿を思い出す。あの時は、ただただオメガとしての性能を求められた。でも自分はオメガとして欠陥品《ハズレ》で、だから諦めつつも、密《ひそ》かに運命のつがいに憧れていた。運命のつがいなら、その欠陥さえも乗り越えて、自分の中身を愛してくれると思ったからだ。

けど、これ、違うよな。

自分の中身なんか、関係ない。

心とか、人柄とか、そんなものは一切無関係に、二人を磁石のように引きつける。

むしろ、運命のつがいというのは、ただ一人のアルファを惹きつけて離さない、究極の『性能』なのではないだろうか？

「君は今、何をしてるんだ？」

話し始めてから四十分が過ぎようという頃になって、ようやく東谷は綾斗のことを聞いてきた。綾斗は、高校卒業後、三年間派遣社員をして、来月から正社員になれる予定だと話した。

東谷は、はっと一笑に付した。

「そういう仕事の心配はもうしなくていいよ。君は俺の子供を産んでくれればいい」

その言葉で思い出す。

最初に出会った時、同じ内容に対して、「それはよかったですね」と九条は言ってくれた。あの青白い顔を精一杯緩ませて。

甘やかな高揚に包まれていた脳内が、九条を思い浮かべた途端、毒を注入されたように痛み出す。これでいいのかと、自分のどこかが叫び出したかのように。

そんなの、どうしろって言うんだ。

自分はずっと、確かな絆を切望してきた。

捨てられたくない。生涯添い遂げてくれる人がほしい。それだけを願ってきた。

目の前の男の手を取れば、それが叶《かな》う。

この男は運命のつがいという最強のレアアイテムを、生涯愛《め》でてくれるだろう。心変わりなどしない。何せ中身など関係ない、究極の絆なのだから。

「そろそろ場所を変えようか」

東谷が意味ありげな目を向けてくる。誘われているのがわかり、綾斗はとっさに話を変えた。

「あっ、あの……東谷、さんは僕が運命のつがいだとわかって会いにきた……んですよね？　でもどうやって……？」

すると、東谷はいい質問だとばかりに笑った。

「運命のつがいは、遺伝子的な相性が最高になる相手、という説は知っているな？　運命のつがいを探すなんて雲をつかむような話だと思うかもしれないが、最近の研究でヒントになりそうなことがわかったんだ。それは、自分の運命のつがいは自分の兄弟姉妹や親類に好感を持ちやすい、ということ。つまり、まず探すなら自分の兄弟姉妹の友人、恋人を当たれってことさ」

それは知らなかった。

東谷は肘をつき、得意げに続ける。

「先週、弟の四十九日があってね。その時に、弟が中学の時にオメガを噛んで、ちょっと問題になったことがあったと母から聞いたんだ。それでピンときたのさ。弟のつがいになりかけたオメガなら、俺の運命のつがいである可能性は普通のオメガよりはるかに高い。それで君の居所を調べさせて会いにきたら、ビンゴだったってわけさ」

なるほどと思う。

それはそれとして、人の人生を左右しかねなかったことを、「ちょっと問題になった」程度ですませられていることに引っかかりを覚える。

「……弟さんに噛まれた件ですけど、微弱にですが、つがいは成立していました」

せめてそれだけは言っておこうと手短に説明すると、へぇ、という軽い驚きが返ってきた。

「それなら、君のことを知ったのが、弟が死んだ後で本当によかったよ。もし弟が生きている間に君に会いにきていたら、危うく俺は兄弟を殺さないといけないところだった」

兄弟。

東谷が笑いながら言ったその言葉が、ふっとある記憶を呼び覚まし、綾斗は目を瞠った。

なんで気づかなかったんだろう。

あの女性――九条の運命のつがいを、どこかで見たことがあると思っていた。

あの人を見たのは、九条部長の携帯端末の待ち受け写真。幼い娘を抱いていた、あの女性だ。

九条の運命のつがいはただの人妻じゃない。兄の妻だ。

そうと知れば、どこかしっくりこなかった情報のピースが、次々とはまっていく。

九条の兄の結婚が決まった時、家族同士の顔合わせの場で九条が途中退席したのは、父親への反発じゃない。兄の妻となる人が、自分の運命のつがいだったからだ。

人妻と兄の妻では、深刻度がまったく違う。最悪なのは、兄に秘密にしたいなら、まさに誰にも相談できないことだ。だから九条は兄と同じ会社にいることも苦しくなり、会社を辞めた。

そして、居酒屋の階段から落ちた事故。

あれを最初に聞いた時、感じた違和感を思い出す。兄が落ちて、弟が助けた。そんなの、そううまくいくものなのだろうかと。

よく考えればわかることだが、九条が兄を助けたということは、九条が兄の一番近くにいたということだ。

部長は後ろから衝撃がきたと言っていた。ということは、最初に部長に物理的に接触したのは、九条だ。

九条は酒に強かった。松葉杖をついていてさえ足取りは確かだった人が、酔っ払って兄の体に接触するはずがない。

九条には、兄を殺す動機があった。

兄が死ねば、自分が運命の人とつがいになれる。

あの居酒屋の急な階段を見た時、綾斗が最初に思ったのは「落ちたら死にそう」だった。

九条もあの階段を見た時思ったのではないだろうか。ここから突き落とせば、人を殺せると。

九条は、兄を殺そうとしたのだ。

けれど、それは突発的な殺意だったのだろう。兄が踏みとどまったのを見て、多分、九条は我に返ったのだ。とっさに兄を助け、そして自分が階段から落ちた。

その光景が目に浮かび、胸が押し潰されそうになった。

あんなに優しい人が兄を殺そうとしたなんて、どれだけ追い詰められていたのだろう。

最初に会った時の九条を思い出す。
S.Kujoという神に等しいフィルターがかかっていたので綾斗にはかっこよく見えたが、今から思い返せばはっきりとわかる。顔は蒼白で、言葉も最低限で、吹けばかき消えてしまいそうな存在感で、目が虚《うつ》ろだった。
あの時九条さんは、もう終わっていたんだ。

あの九条が兄を殺しかけて、普通でいられるはずがない。結果的には自分が助けて兄は無事だったけど、それでもあの人の罪悪感はきっと消えない。

――こんな体が最悪な状態だからこそ、誰かの役に立てるとはな。なんだか救われた気がする。ありがとう。

あの時言っていた九条の言葉の意味を知り、涙がこぼれた。

兄を殺そうとして骨折したのに、それが誰かの役に立てて、救われた。そう言ったのだ。

運命のつがいなら、夫がいても子供がいても関係なく、二人は結ばれる運命？

なんて脳天気だったんだろう。それは夫がベータだった場合の話だ。

夫がアルファなら、殺すしかない。

もう、いいだろうと思った。

もう、これ以上、九条は運命のつがいに振り回されなくていい。

僕がいる。

僕が貴方のそばにいて、貴方が狂うのを止めてみせる。

「……なんだ？　なぜ泣く？」

東谷が不謹慎な笑いを引っ込めてそう聞いてくるが、綾斗は涙をぬぐうと伝票を取って席を立った。とにかく一刻も早く九条のもとに行きたかった。

「すみません。僕、もう行かないと」

「待て。どういうつもりだ？」

帰るのを阻止するように、伝票を取り上げられる。それならと、綾斗は自分が食べた定食の料金をきっちりテーブルに置いた。東谷は不可解だとばかりに見上げてくる。

「俺は運命のつがいだぞ？　何を迷う？　俺といれば、絶対に幸せになれるんだぞ？」

「好きな人がいるんです」

もう考えもなしにそう言うと、東谷は眉をひそめた。

「好きな人？　……よく考えろ。そのアルファに、運命のつがいが現れたらどうする？

君は捨てられるんだぞ？」

「それでもいいんです!!」

気づいたら、そう口走っていた。

相手は目を丸くしていたが、自分も驚いた。

それがあまりにも、すがすがしい気持ちだったから。

ああ、そうか。

九条がくれたものがなんだったのか、やっとわかった。

自分がオメガと判明してからずっと、ぞんざいに扱われる人生だった。家族に疎まれ、
東谷弟に見捨てられ、自分さえ、自分を大事にしなくなった。だからマッチングに行ったのだ。そして性能で判断され、ズタズタになった。誰も綾斗のことなど顧みなかった。

だけど。

九条はただ、目の前で綾斗が困っていたから助けてくれた。親身に綾斗の言葉に耳を傾

け、一人の人間として尊重してくれた。それは、ぞんざいに扱われるのが当たり前だった綾斗の世界を変えてくれた。自分はハズレ。だからどんな扱いを受けたって仕方ない。その根深い呪縛《じゅばく》を、諦めを、吹き飛ばしてくれた。

だからもう、自分も自分をぞんざいに扱わない。

早くつがいになりたいがために、マッチングに行くようなことは、もうしない。

ましてや、確かな絆を得たいがために、こんな「こいつだけはない」と思うような男のつがいになったりなんか、しない。

中学の時に嚙まれて以来つきまとう、「捨てられたくない」という原体験の不安を思い返す。

これからもそれが消えるわけではない。むしろ九条には運命のつがいがいるのだから、捨てられるリスクは高いのかもしれない。それでも。

考えてみれば、その不安は多くの人がごく当たり前に持っているものだ。絶対に捨てられない確かな絆。それは本来、人間関係としては不自然なものだ。そんな奇跡にすがって、自分だけその不安を消したいと願うから、自分が苦しくなるのだ。そんなことで自分を窮屈にするよりも、自分は好きな人を愛する人生を歩みたい。

綾斗はふっと笑って、その「捨てられたくない」という気持ちを静かに受け入れた。その不安とはこれからも適度につき合っていけばいい。それだけのことだ。

「……捨てられてもいい、だと？　そこまで言わせるほどいい男なのか？　この俺よりも？」

そう聞かれて、改めて男を見据える。魅力的には見えるけど、もう、圧倒されるほどの存在感は感じない。

綾斗は淡々と答えた。

「そもそも貴方、全然僕の好みじゃないですよ」

「……好み？」

自分は「俺好みだ」という言葉を使っておきながら、オメガがそんな言葉を使うのは想定外、とでもいう顔だった。

だからしっかりと、言ってやった。

「僕は、強いのに弱くて、物慣れなくて、優しくて真面目な童貞アルファさんじゃないと駄目なんです」

相手から返事が返ってくるのに、しばし間があった。

「強いのに弱い……童貞？」

理解不能だという顔で繰り返したものの、深く考える価値もないとばかりに、東谷は前髪をかき上げた。

「わかった。君は真に強いアルファを知らない。だから、たまたま優しくしてくれた、そんな下の下のアルファを、至高の存在のように思い込んでいるだけだ」

そんなことを言われても、綾斗は毛ほども動じなかった。

きっとその真に強いアルファとやらは、大事なことを本能や直感で決め、自分の最大効率のみを追求し、オメガを物扱いする御仁なのだろう。

笑わせる。オメガにとっての幸せが、強いアルファとつがいになって優秀な子を作ることだとでも思っているのだろうか？　そんな尺度でしか生きられないこのアルファを、哀れだとさえ思った。

そんな綾斗の醒《さ》めた視線に気づいたのか、東谷の顔が焦りに歪む。かくなる上は、もはや言葉など不要だとばかりに、綾斗の手首をつかんできた。

「運命よりも好みが大事だと？　結構なことだが、運命のオメガを逃すアルファがいるとでも思っているのか？」

席を立った東谷に乱暴に引っ張られる。体の火照りで綾斗はろくに力が入らず、あっけなく引き寄せられ、綾斗のうなじは東谷の眼前にさらされた。

発情期ではないが、相手は運命のつがいだ。その弟でさえ発情期とは無関係につがいにできたのだから、本人に噛まれたら間違いなくつがいは成立する。

「安心しろ。好きだとかいう男のことなど、すぐに忘れさせてやる」

後ろで、口を大きく開く息づかいがする。ぞっと産毛がそそけ立った。

「ちょ、ちょっ、ちょっと待ったぁぁぁ!!」

素《す》っ頓狂《とんきょう》な声が、それほど広くない店内に響き渡る。いつから店にいたのか、九条部長が東谷を取り押さえようと背後から突っ込んできた。

しかし、振り返った東谷に足払いをされ、びったーんと床に転んだ。なんだなんだと店内が騒然となる。

東谷は蔑《さげす》みの目で部長を見下ろした。

「さっきから店の隅でびくびくしながら聞き耳を立てていたから聞かせてやっていたが……無様にもほどがある。お前、アルファだろう？　自分のオメガを横から取られて、そんなことしかできないのか？」

その冷たい声に呼応するように、空気が変わった。

その場が、何か物音を立てるのもはばかられるような、張り詰めた空気になっていく。

アルファによる、『支配』だ。

あのファーストフード店で九条が発動した力よりも、格段に強い。

店内がいつの間にかシン、と静まっていた。客も従業員も硬直している。直視された部長は、腰が抜けたように両手を床につき、立ち上がることさえできない。『支配』に抵抗力があるアルファであるにもかかわらずだ。

東谷の斜め後ろにいる綾斗もその影響を受けていた。逃げるなら今なのに、足の裏が床に張りついたように一歩も動けない。それどころか、身動き一つ、顔を動かすことさえままならない。

目の前のアルファは、強い。この場にいる誰も逆らえない。ベータやオメガでは、この場を動くことさえできないのだ。

東谷はふんと、興味を失ったように部長から視線を外した。

「どうだ？　これでこんな男に未練などなくなっ……」

そう言いながらこちらを振り返った東谷の顔面に、人の拳《こぶし》がめり込んだ。

「ぶふぉぁっ!?」

東谷がのけぞり、手で顔を押さえる。直後に鼻血がぴゅくっと噴き出し、手が真っ赤に染まっていく。

その光景を目にしながら、自然と、綾斗は自分の隣を見上げた。こんなことをする人間は一人しかいない。

そこには当たり前のように、背広姿の九条がいた。

店の入り口は開閉していない。ということは、部長がオーバーアクションで東谷の気を引いている隙に、店の裏口から入ってきたのだろう。

部長が東谷を目撃してから、もう数十分が経っている。九条を呼び寄せる時間は、充分にあった。

「きっ、ざまっ、だに……！」

東谷が吠《ほ》えようとするが、鼻から血がぼたぼたと落ち、それどころではない。たまらず近くのテーブルに駆け寄り、ティッシュで鼻を押さえている。

「話は聞いていた」

九条がそう言ってこちらを見る。人を殴った後なのに、その顔は迷いを吹っ切ったように晴れ晴れとしていた。その表情に思わず目を奪われていると、九条はすっと綾斗の後ろに移動し、肩をつかんで耳元でささやいてきた。

「私の運命のつがいを見ても、君の運命のつがいが目の前にいても、それでも君は変わらないでいてくれるんだな。——もう離さない。愛してる」

その最後の言葉が耳を離れないうちに、襟を後ろに引っ張られ、うなじに歯を立てられた。

え……？

噛まれたところから、身を焦がすような熱が広がり、全身の細胞に刻み込まれる。今、自分が九条のものになったのだとわかり、歓喜で体がぶるりと震えた。

驚きと、喜びと、やはり驚きだった。

九条は今、運命よりも綾斗を選んだのだ。

いいんですか。

そう聞くより前に、部長が床から復活してきた。感極まった顔だ。

「重春！　重春、やった……」

「ありがとう兄さん、恩に着る」

近づいてきた兄を、人目も気にせず、九条は躊躇なく抱き締めた。その声は涙で少し揺れていた。

九条の秘密に気づいた今なら、その気持ちがわかる。

運命のつがいを奪った兄。その兄が、最後で自分のつがいとなる人と縁をつなげてくれたのだ。

部長は、九条が自分より感極まっているので「あれ？」という顔をしていたが、弟の涙混じりの声を聞き、「何言ってるんだよ。兄弟だろ？」と涙ぐんだ。兄弟のわだかまりが溶けたのを見て、綾斗も目頭が熱くなった。

「馬鹿な……」

その声に、綾斗は選ばなかった方の男を見る。東谷は呆然としていた。

鼻血を噴かされてティッシュまで後退した。ただそれだけで、彼は運命のつがいを失ったのだ。

オメガをつがいにするのは早い者勝ちだ。運命のつがいであろうが、それは覆せない。

いつの間にか、『支配』の力は霧散していた。

綾斗と目が合うと、東谷は疲れた顔で鼻血をぬぐい、伝票をつかんだ手を上げた。せめて精算ぐらいはさせろという意味のようだ。

どうやら諦めてくれるようだが、念押しをするため、綾斗は店の入り口に行く。レジで迷惑料込みの精算をすませた東谷をまっすぐに見据える。

「東谷さん、これでお別れでいいですよね」

東谷は眉をひそめた。

「俺には俺の美学がある。運命のつがいだろうが、他人に取られたオメガにつきまとうような見苦しい真似は断じてしない」

要するにこの男は合理的なのだろう。さっきはそれをドライに感じたが、こうなると潔く感じる。

「言っておくが、さっき噛もうとしたのは、あのメガネに行動を起こさせて、お前の目の前で蹴散《けち》らすためだった。こんなところで本気で噛む気はなかった」

そんなことを言い訳されたのが意外で目を瞠っていると、東谷はフンと鼻を鳴らした。

「なのにあいつ、こんなムードのない場所で噛んだな。風情のない奴だ」

「それは、強いアルファである貴方から僕を守ろうとして、とっさに」

「何がだ」

目の前の男は、はっと笑った。

「俺の全力の『支配』の中、平然と歩き回る奴だぞ」

しかも殴りやがった、と口を歪めて笑う。口惜しさと自嘲《じちょう》が混ざっていた。

それって……九条の方がアルファとして強い、ということなのだろうか。

「お前は見る目があったわけだ」

彼が店のドアを押す。カラン、とドアについたベルが鳴った。

さよなら。

こちらに背を向けたままの最後の言葉は、彼の精一杯のプライドを感じさせた。運命のつがいを失って、決して平気ではないのだろう。それでも醜態は見せまいとするその後ろ姿に、綾斗は黙って敬意を表した。


それから綾斗は九条と一緒に、九条のマンションを訪れていた。最初、九条は綾斗の家に行こうと言ったが、綾斗が九条の家に行ってみたいと言うと、すんなり応じてくれた。

そうして玄関の中に入るなり、すごい光景が目に入ってきた。

普通のワンルームだが、部屋全体が雑然としている。

台所の床や居間に、脱ぎ散らかした服や郵便物が散乱している。台所の流し台は、いつから放置されているのか、洗い桶《おけ》の濁った水にコップや箸が浸《つ》かったままになっている。冷蔵庫と洗濯機の間では、半透明のゴミ袋が積み重なって空間を埋めていて、洗濯機もフタが閉まらないほど洗濯物が満杯になっていた。

「すまない。君と最後に会った日から、ろくに家事をしてなかったんだ」

九条は言う。綾斗と出会ってから九条はずっと楽しかった。母のことがあり、長年、恋愛から自分を遠ざけてきたが、綾斗のことは助けるという大義名分があったのでそばにいられた。遅々として治らなかった骨折が順調に治ったのは、間違いなく綾斗との逢瀬のおかげだった。

バレンタインデーの日、九条は綾斗に告白するつもりだった。けれどあんなところを見られて、そんなこと、できなくなった。

九条と会えなくなって、綾斗はずっと苦しかった。けれどそれは、九条も同じ……いやそれ以上だったのだと、この部屋を見て理解する。それは少し嬉しくもあったけど、九条の抱えていた孤独を思うと、胸が痛んだ。

「運命のつがいがいても信じてくれなんて、君に言えなかった。私に覚悟が足りなかった。君を絶対に不幸にしないという覚悟が」

九条は恭しく綾斗の手を取り、自分の両手で包み込んだ。

「私が生涯愛するのは君だけだ。彼女にはもう会わない。もし万が一、私が彼女に対しておかしくなったら、その時は私を殺すといい。私を殺せば、君はまた別の相手とつがいになれる。大丈夫だ。私を完全犯罪で殺せる方法を何通りか考えておくから、それを……」

「いやそれ、覚悟の方向が間違ってますから!!」

そこは渾身《こんしん》のツッコミを入れると、九条は目を丸くしていた。

「ていうか、つまり、あの人を抱き締めてキスしてたのは、九条さんの本心じゃないってことですよね？」

「……本心じゃないと言っていいかはわからないが、衝動を抑えきれなかった。彼女を前にすると、私はおかしくなる」

強いアルファほど、本能の衝動も強いと聞いたことがある。

それでも、あの時、九条が「彼女とキスをしたのは本心じゃない」と綾斗に言い切れば、すべて丸く収まっていた。なのに、そういうところでズルのできない九条の不器用さを思うと、「本心じゃない」と言い切られるよりずっと、愛しさが募った。

「大丈夫ですよ。ほら、あれです。僕もつがいになったんですから、九条さんがあの人に惹かれそうになったら、僕が毎晩、愛の力で九条さんをがっちりつなぎ止めますから！」

「……そうか、愛の力か。そうだな」

九条から思い詰めた雰囲気が消える。ほっとしていると、九条が覆い被《かぶ》さってきた。綾斗を腕の中に閉じ込めるように、抱き締める。

「君のその明るさには、いつも本当に、救われる……」

見上げると、九条は泣きそうな顔で笑っていて、唇を重ねてきた。

かさついた唇で唇を食《は》まれ、歯列を割り開いて舌が入り込んでくる。性急なのに手探りで、物慣れない感じが伝わってきて、どきどきする。そのまま床に押し倒された。

切羽詰まった目で見下ろされる。東谷と別れた後は体の火照りも収まっていたので、互いにヒートもラットも起こしていない。本当に九条の意志なのだと思うとどきりとした。

背広のズボンに手をかけられ、下着と一緒くたに脱がされる。当然、男の徴《しるし》が剝き出しになった。

九条に対しては押せ押せとインプットされているので、自分がリードする気満々だったのだが、不意を突かれていつの間にかこんなことになっている。

「あの……えっと……」

戸惑っているうちにも、すでに正面で勃ち上がりかけているそこをつかまれる。九条が頭を低くしてきて、その先端を舌先でそろりと舐めた。

おぉぉぉぉぉぉぉおおおおおおおう⁉

口で、口でしてくれてるぅぅぅぅぅ⁉

今まで何人もとしてきたが、フェラをしてくれた相手など一人もいなかった。

九条は慣れないながらも懸命に舌を使い、裏筋を下から上へと丁寧に舐めてくれる。ちらっとこちらを見てきたのが上目遣いで、綾斗のそこは一気にかさを増した。

「私は裏筋《ここ》が感じるが、君もそうか？」

ぐはぁぁぁぁぁぁっ。

綾斗は心象風景の中で吐血した。

そんな、他人に自分の性感帯を教えちゃ駄目です！　無防備すぎます‼　ああでも、もうつがいになったからいいのか？　そうかいいのか！　なんか信じられない‼

まさかの初っぱなからパラダイスで、綾斗は感激のあまりぎんぎんに張り詰めた。それを見て、九条は「君はかわいいな」と笑う。

この人が、今の今まで無垢《むく》なまま童貞でいられたのは、きっとアルファだったからだろう。そうでなければ、とうに飢えた獣たちの餌食《えじき》になっていたに違いない。

「いや……あの……九条さんの方から、く、口でしてくれるとか、思ってなくて……っ」

すると、不思議そうな顔をされた。

「なぜだ？　君も前、そうしてくれたじゃないか。同じように愛撫したいと思うのは普通だろう？」

普通、アルファやベータの男がそこを舐めることはない。フェラは女か男オメガがするものだからだ。

……貴方に、世間の常識なんて不要です。貴方はそのままでいてください‼

「こっちも濡れてきてる」

綾斗の後ろの奥まった場所も、九条の指に触れられる。そこは前の興奮につられて愛液を分泌し、ぬめり始めていた。

九条はそのぬめりを撫《な》でながらフェラを続ける。最後は、はむ、と口に含まれ、その温かさに包まれた絶妙な気持ちよさと、九条がそんなものを口の中に入れているという扇情的な光景で、綾斗は達した。九条の口の中で。

「……」

苦みのあるそれを、九条は飲みにくそうに眉を寄せながら、ごくりと喉仏を動かした。その顔がもうエロくて、イッた直後なのに、じゅん、と後ろの奥がまた疼《うず》いた。

「よかったか？」

そんなのは、九条が飲み込んだもので立証されていると思うのだが、そう聞いてくるのはなんだか九条らしくて、そんなところまで愛おしく感じる。「すごくよかったです」と答えると、九条は嬉しそうに笑った。

「そうか、よかった。何もかも初めてだから、間違っていたら、なんでも言ってくれ」

綾斗はまた心象風景で吐血した。

九条さん、違うんです。

間違っててもいいんです。

むしろこれから僕と間違ったことを、いっぱいいっぱいしましょう!!

綾斗はもうリードするどころか、初めてならではの九条の言動に骨抜きになっていた。

それから床でするには寒いということで、ワイシャツだけにされた状態でベッドに移動した。九条はその時点で少し余裕ができたのか、エアコンをつけ、自分も背広の上下を脱ぎ、ネクタイを抜いた。ベッドは九条の匂いがするし、目の前でストリップショーが始まるしで、綾斗はどきどきだった。

「黙って見られると、恥ずかしいな」

九条が手を止めてはにかむ。

しゃべればもっと脱いでくれるのならと、綾斗は口を開いた。

「そういえば今さらですけど、バレンタインデーに告白してくれるつもりだったってことは、ラブホの時点ではもう……ってことですよね。どうしてあの時、好きって言ってくれなかったんですか？」

すると、九条は何を言っているんだ、という顔をした。

「媚薬でヒートを起こしてるオメガに好きだと言って、一体なんの真実味があるんだ？」

わかってたけど、今こそ言いたい。

九条さんが真面目すぎる……!!

そう脳内で絶叫しているうちに、九条は服をすべて脱ぎ、何かを持ってベッドに戻ってきた。コンドームの箱だ。

「買ってたんですか？」

「買ってたさ。バレンタインの日の朝に」

九条が箱を開けようとするので、綾斗は言った。

「あの、男オメガは発情期しか妊娠しないので、今日は大丈夫ですよ」

「あ……そうなのか」

少し恥ずかしそうに箱を置く九条を見ていて、頬が緩む。

「なんだ」

「いいえ、つがいになったのに、ちゃんとしてくれるんだなって……」

「当然だ。君は好きな仕事をしているんだから、いつ子供ができてもいいというわけじゃないだろう」

さっきの東谷とは全然違う。そんな取るに足らない仕事、とあしらうことなく、「好きな仕事」と言ってくれる。プログラムに関して、この人はいつも味方でいてくれる。それが嬉しくて自然と笑顔になる。

「やっぱりS.Kujoだ」

途端、九条は眉を寄せた。じろりと剣呑《けんのん》な目を向けてくる。

え……何？

「君、本当はS.Kujoの方が好きなんじゃないのか？」

綾斗は目をぱちくりさせた。九条の不機嫌な雰囲気にも、言っていることにも驚く。

その反応に焦れた九条に体をつかまれ、シーツの上に押し倒された。

「ベッドで私以外の名前を出すからだ」

「え、いや、S.Kujoって、九条さんのことですよね？」

「そうは聞こえない」

そうは聞こえない？

ますますわからず困っていると、恨めしそうに睨まれた。

「君がS.Kujoって言う時、すごく目が輝くんだ」

そう言われても、どう返していいかわからない。

「――膝《ひざ》を立ててくれるか」

怒っているとまでは言わないが、有無を言わせない声で言われ、綾斗は九条の前でおずおずと両膝を立てた。

「後ろがよく見えない。手で持ってくれ」

言われた通り、両方の膝の裏に手を入れて持つと、尻が浮き上がる。下は何もはいていないので、すべて丸見えになった。

「エロいな」

九条の雰囲気が変わったのがわかった。アルファが自分の獲物を見る目だ。その口元に浮かんだ獰猛《どうもう》な笑みに、どきりとする。

とろとろと、後ろの奥から愛液があふれてくる。こんなアルファの匂いの濃い場所で、恥ずかしい格好を強いられて、早く欲しいと体がはしたなく誘ってしまう。九条は口の端を吊《つ》り上げると、綾斗に覆い被さるようにベッドに手をつき、濡れそぼった穴にたぎった自身を突き入れた。

「あ……」

ずぶずぶと、九条に中を埋められていく。その気持ちよさに目が潤んだ。ヒートの激しさとはまた違い、ぐずぐずと、そこが蜜壺《みつつぼ》のようにとろけていく感じがたまらない。

「いいか」

「は……い……」

快楽で意識がとろんとしてくる。九条に腰を動かされ、中で肉襞《にくひだ》がこすれて切なく疼く。それだけで充分いいのに、はだけられた胸に九条の手が伸びてきて、胸の先を触られた。

「あ……ッ」

わずかな引っかかりしかなかったそこは、すぐに充血して色づき、ぷっくりと膨れ上がる。

「男の乳首が、ここまで膨れるんだな」

向けられた好奇心の裏には欲情しかない。もう片方の乳首も同時につままれ、くりくりと指の間で転がされ、両方とも硬くなっていく。その反応をつぶさに観察されているようで、恥ずかしくてたまらなかった。

「あの……アァッ！」

ぎゅうう、と両方の乳首を指で強くはさまれ、思わず大きな声を上げてしまう。それでも九条はやめてくれない。

「乳は出ないのか？」

九条が笑いを含んだ声で言う。きっとわかっていて聞いている。

「それ……は……子供できたら……出ますけど……っ」

「そうか。それは将来、楽しみだな」

今は出ないと言ったのに、九条はその凝《しこ》った乳首を口に含み、甘噛みしてくる。さっきまでとは違う刺激にびくっと震え、思わずそれを止めようとして手を膝の裏から離すと、九条が鋭く言った。

「駄目だ。手は離すな」

その言葉が絶対のものとして綾斗を縛る。無意識なのだろうが、アルファの強制力が発動している。マッチングで何十人ものアルファと体を重ねたが、こんな力を持っているアルファは一人もいなかった。綾斗の手は九条の言葉に操られるように従い、また膝の裏をしっかりと持った。

体は支配される悦《よろこ》びに、打ち震えていた。

九条のたぎったもので貫かれたまま、乳首を口と手でいじめ抜かれる。

じんじんと、指で押し潰された粒が熱を持つ。痛いのに、いい。目に水の膜が張った。

「あ……あぁ……ッ」

被虐の悦びに悶えながら、綾斗は二度目を放っていた。自分のへその上に、小さな水たまりができる。連続なので量は出ないが、快感はさっきよりさらに上だった。

九条はそれを指ですくって舐め、口の端を歪めて笑った。

「君は私のものだ」

あ、これ違う、と思った。

その言葉は嬉しいけど、何がなんでも自分のものにしようとする焦りが混じっている。

こんなふうに九条を不安にさせたくはない。

やばいこれ、浸ってる場合じゃない。
S.Kujoに嫉妬なんて、自分自身に嫉妬しているようにしか見えないのだが、九条は納得していない。ここはひとまずS.Kujoより九条が好きだと言えばいいのだろうか？　いやそんなつけ焼き刃じゃ駄目だ。ＳＥの九条が納得するぐらい理論的に答えないと。
……そんなのできるの？　この状況で？

「く、九条さん、僕、貴方のこと、ちゃんと好きですよ……？」

するると、九条は抑えていたものが一気に堰《せき》を切ったように、ぐしゃりと顔を歪めた。

「だって君、言ったじゃないか。私の顔が好きなんじゃなくて、プログラムが好きなんだと」

すごい間違って伝わってる。そうだけど、全然そうじゃない。

「いや、それは九条さんに出会う前の話ですっ。九条さんに会ってからは、すごく、すごく、優しい人だなって……」

「私は優しくなどない。最初に君を助けたのは、自分が救われたかったからだ」

「いや、それを差し引いても、九条さん、めちゃくちゃいい人ですよ？」

九条はむすっとした顔をした。

「そうか。私のいいところは、優しくていい人なところか。なんだかちっとも面白みのなさそうな男だな」

「……」

いや、九条さんが優しくていい人っていうのは、親切じゃなくて恩人レベルなので、僕の世界ではそれだけで最上位なんですけど。

「君はS.Kujoを崇拝してるんだ。あれはソースコードで生身の人間じゃないから、いくらでも美化できる。その幻想を私に重ねているだけだ。そうだろう？」

「違いますって！　だって僕、最初、S.Kujoに会いたくなかったんです！　あんなコードが書けるすごいアルファの人だから、どうせまともに相手になんかされないって思ってました。それなら、僕の心の中だけで、手の届かないところにいる神様のままでいてほしいって思ってましたっ」

話していると、あの時のことが鮮明によみがえってくる。

「なのに会ったら、いい人で、普通に僕に接してくれて、すごく嬉しかったんです。助けてくれたのは恩に着てますけど、それがなくても僕は貴方に強く惹かれていました。神様だと思ってたら、人間だったから、好きになったんです!!」

言って、ああそうかと、今になって気づく。

九条の何か弱いところ、骨折してるとか童貞とか物慣れないとか、そういう完璧《かんぺき》じゃないところがひどくそそるのは、そういうことだったのだ。

この人は手の届かない神様じゃない。ちゃんと僕の手の届く、僕と同じ世界に生きている人。そう感じられるから、そういう弱いところに、たまらなく惹かれるのだ。

そう自分の中で腑に落ちて、今度こそ、自信を持って言えた。

「だから、僕が好きになったのは、S.Kujoじゃなくて、九条さん、貴方です」

「……」

こちらを見下ろす九条の顔が赤くなっていく。まだつながったままだったのだが、中でずんと、九条が一回り大きくなる。まさに体の反応で納得したのがわかり、九条さんかわいすぎると綾斗までまた元気になった。

「……そう、だな。君は、なんというか、私の情けないところを見ても、引かないというか、受け入れてくれるというか、そういうのは思っていた……」

そう言うと、意を決したように見つめてくる。

「実は、君に話していないことがあるんだ。つがいになった後になって、こんなことを言い出すのは卑怯《ひきょう》かもしれないが……私が骨折した経緯だ。日野原は君に、私が兄を助けたと言っていたが……」

「九条さんが部長を突き落とそうとしたんですよね」

話を遮って先に言ったのは、すでに知っていたのだと安心させたかったからだ。九条は目を瞠った。

「あの女性は部長の奥さんなんですね。さっき、東谷さんと話していて気づきました」

九条は呆然とこちらを見下ろしている。

「だから、大丈夫です。つがいになる前から知ってました。むしろ、それに気づいた瞬間に、僕は九条さんのそばにいようって、決めました」

その途端、つながったまま、息が詰まるほどに強く抱き締められた。

九条は泣いていた。

泣いているのに、ますます綾斗の中で九条はかさを増し、あり得ないと思うほど中を九条でいっぱいにされていく。その限界までたぎったもので激しく突かれ、声がかれるほど喘《あえ》がされた。

泣きながら自分を求めてくる九条が、愛しくてたまらなかった。

これからも、弱いところをいっぱい見せてほしい。僕がそばにいていいんだって、ちゃんと人間なんだって、安心させてほしい。

そう思いながら九条を抱き締め、二人で絶頂を迎えた。

「そういえば」

極めた後のけだるい余韻に浸りながら二人でもぞもぞしていて、うなじの噛み跡に唇を寄せられ、ふと疑問が湧いた。

「僕、発情期じゃなかったのに、どうしてつがいが成立したんでしょうね？」

つがいが成立するのは、基本的にはオメガの発情期にアルファがうなじを噛んだ場合だ。

「やっぱり、九条さんが強いアルファだからですかね？」

「いや、違うな」

九条は密着させていた体を少し離し、綾斗の顔を愛しそうに見つめて言った。

「君こそが、私の運命だからだ」

そんな一番大事なところだけ、ＳＥらしい理論をすっ飛ばしてロマンチストなのかと思うと、めっちゃきゅんとくる。

でも、そうだな、と思う。

綾斗にとっても、運命のつがいよりも九条の方がずっと、運命だった。

「僕の運命だって、九条さんだけですから」

互いに見つめ、笑い合う。

九条の手が、またそろりと胸のとがりに触れてくる。反応してしまうが、そろそろ回数的に限界だった。

「いやあの、さすがに今日はもう……」

「何？　まだ一回しかしてないじゃないか」

……。

確かに、綾斗は立て続けに三回もイかされたが、九条は一回だった。

この耐久力《スペック》の違いはやばい気がする。

いつの間にかすっかり硬くなった九条のそれが、恨めしそうに布団の下で綾斗に押しつけられている。

「ええっと、今日、金曜ですし、続きは明日ってことで……」

「明日もあさってももちろんするが、差し当たって今日の分が全然足りてないんだが」

そんな言葉にびっくりしていると、「一つ言っておこう」と九条は神妙な顔で言った。

「君は童貞を舐めている。しかも私はアルファだぞ。一体どれぐらい積年の鬱屈《うっくつ》がたまっていると思う？」

え、九条さんでも「積年の鬱屈」とか言うの？

まずそこに驚いていると、九条は続けた。

「オメガは、発情期は性欲がすごいが、それ以外はそうでもないのだろう。だがアルファは基本的に、年中、性欲の塊だ。なんでもないような顔をしているのは、ただのやせ我慢だ。私もそうだ」

そんなことを真顔で言い募ってくる九条がちょっと怖い。

しかもこの人は相当強いアルファだ。ということは、セックスの方も多分絶倫……。

「……駄目なのか？」

その、滔々《とうとう》と現況を説明した後に、おずおずとお伺いを立ててくるのがかわいすぎて、心象風景の中でまた吐血した。

なんてことだ。この九条の強さと弱さのギャップを見せられてしまうと、自分はイチコロではないか。

強すぎて神な九条には当然太刀打《たちう》ちできないし、弱さを見せられても綾斗がノックアウトするという、これって結局、綾斗に対しては無敵ってことじゃないだろうか。

……うん、九条さん、貴方は強くて弱くて、最強です。

綾斗はもう諦めて笑い、なんでもしていいですよと、ぎゅっと愛しのつがいを抱き締めた。

僕はただ、
真面目なアルファさんの痴態が
見たいだけです

金曜の夜。

白藤綾人《しらふじあやと》は九条《くじょう》のマンションを訪れ、合鍵《あいかぎ》で中に入った。

今日、綾斗はある決意を固めていた。

九条とつがいになってから一ヶ月、綾斗は九条と愛欲の日々を存分に送っていた。

週末同居を開始し、金曜の夜から日曜の夜までは九条の家で過ごし、水曜の夜も仕事帰りに寄り、暇さえあればエッチしている。つがいになったばかりのカップルはお盛んだというが、特に九条の場合は長年童貞だった反動が大きいためか、回数だけなら少し過剰なぐらいやりまくっている。

だが、しかし――綾斗は満たされていなかった。

つがいになってから、ずっと、かわいい九条を見ていないのだ。

最初の一週間は、九条の性欲の強さにただ圧倒された。次の一週間は、綾斗に発情期が来て、これまためちゃくちゃに貪《むさぼ》り合った。

そこで、はたと気づいた。そういえば九条の恥じらう姿を見なくなったと。

アルファとオメガのエッチの場合、アルファが主導権を握ってリードするのが普通だし、そもそも九条はもう童貞ではなくなった。

あの物慣れないかわいい九条さんは、最初の頃だけだったんだ。

まあそうだよな、と思う。

週末一緒に過ごすようになり、つがいになった九条のすごさを間近で見るようになった。今は結婚に向けて動いているのだが、この一ヶ月で、綾斗の親に挨拶《あいさつ》に行き、九条の親に挨拶に行き、結婚式場も決めた。羅列すれば一言ですむが、たとえば結婚の挨拶に行くならそれなりの準備がいる。挨拶のために九条が最初にしたのは、綾斗を店に連れていき、オーダースーツを新調させることだった。式場選びだって、行き当たりばったりではもちろんなく、一通り情報を収集して、数を絞って予約を入れ、そして一日で決めた。九条はとにかく仕事が早く、横で見ていて驚かされるばかりだった。

そう、これらのイベントは、二人の共同作業というより、九条が全部最適にお膳立《ぜんだ》てして、綾斗は同行するだけ、というような状態だった。何せ綾斗が手伝うより、九条が一人で手配した方がよっぽど早い。正直、もし綾斗が主体的に結婚式場を決めようとしていたら、一ヶ月かかっても決まっていなかっただろう。

アルファって、やっぱりすごい。

それを肌で感じると、あのかわいい九条さんは骨折で弱っていた時だけ見ることができた九条さんなのかな、と思うようになった。

強くて優秀で、エッチもすごくて、かっこいいアルファ。それが本来の九条なのだ。もちろん、そういう九条が嫌いなわけでは全然ない。ただちょっと、圧倒されるだけで。

問題なんてない。これでいいはずだ。

そう思い、かわいい九条さんはいい思い出だったのだと割り切ろうとしてさらに二週間過ごし——到底諦《あきら》め切れなかった。

今、綾斗の愛は、いや欲望は、熱く燃え上がっていた。

かわいい九条、というのは綾斗にとって、自分の手が届くと思える九条、というのと同じだ。

神様だと思っていたら人間だったから好きになった。それが九条との恋の始まりだ。だから自分が手を伸ばせば触れられる存在だと思えることに歓喜を覚え、たまらなくかわいさを感じる。

逆に言えば、かわいい九条が見られないということは、九条を遠く感じるということなのだ。

要するに、骨折が治って強い九条になったから、もうかわいい九条は見られません、では綾斗的に駄目なのだ。そんなの寂しすぎて死んでしまうと、この二週間で痛感した。だから、今日はどうやってでも自分がエッチで主導権を握る!!

この日のために、綾斗は考えに考えた。

エッチで主導権を握るために必要なこと。それは九条よりも性欲を高めることだ。

そのためにはなんでもやろうと、仕事帰りに一人でスッポン鍋《なべ》を食べにいった。かなりいい値段だったが、今夜のことを思えば惜しくない。

そして、自宅から持参したマムシドリンクを取り出した。加宮《かみや》がつがい祝いに送ってくれたアダルトグッズ一式の中に入っていたものだ。

二人で楽しんでと、他にもローションとかいろいろ渡されたが、九条との情事において、そういうグッズで盛り上げる必然性がこれまで存在しなかったので日の目を見ることはなかった。だが、今回はありがたく使用することにして、その黒を背景に炎が燃えているラベルの精力剤を一気に飲んだ。

なんだか、体の奥から力が湧《わ》いてくる気がする。これならいける……！

綾斗は九条のセミダブルのベッドに転がり、妄想しながら帰りを待った。

帰ってきたら、まずはベッドに押し倒し、そのたくましい体の上に陣取って、乳首責めで九条をとろけさせたい。恥ずかしがって悶《もだ》える九条を想像し、体が熱くなる。自慰をしたくなるが、そこはぐっと我慢した。そのホットな欲望は全部、九条にぶつけるのだ。

それからしばらくして、ドアの鍵を開ける音が聞こえてきた。九条だ！

跳ね起きて玄関に向かうと、ドアが開いた。

「お帰りな……」

そこまで言ったところで、真っ赤な薔薇《ばら》が目に飛び込んできた。

「ただいま、綾斗」

花束を抱えて帰ってきた九条は、玄関先で実に自然に綾斗を抱き締め、キスしてきた。

……何事!?

帰ってきた時点で、まるでこれぐらい当然とばかりにテンションの高い九条に、動揺を隠しきれない。

今日、九条は会社の飲み会だった。酒を飲んでもまったく体に酔いが回らない人だとばかり思っていたが。

「え……っと、その花束は……？」

「ああ、帰りに花屋があったから寄った。つがいになって一ヶ月の記念に」

満面笑顔で花束を差し出される。

「あ……ありがとうございます」

正確に言えば、ちょうど一ヶ月に当たるのは三日後だ。多分、計画的なサプライズではなく、酒の勢いで買ってきたのだろう。酒で体の平衡感覚は崩れはしないが、気分はそれなりに高揚するらしい。

そんな新たな一面を発見できて、いつもなら喜ぶところだが、今は完全に出鼻をくじかれていた。花束を持ってあたふたしていると、そのままひょいっと抱き上げられる。

「……ぅわ……っ！」

あれよあれよという間に颯爽《さっそう》とベッドに運ばれ、薔薇の花束と一緒にシーツに転がる。片膝《かたひざ》をベッドについて覆い被《かぶ》さってきた九条が、こちらを見下ろしながら甘く微笑《ほほえ》んだ。

……うそぅ、ドラマみたい。かっこよすぎる。

見とれている隙《すき》に、長い指が伸びてきて、シャツのボタンがするすると外されていく。

その時点ではっとした。ダメだ。これじゃいつもと同じになる。

「く、九条さんっ」

「重春《しげはる》だ」

互いに名前で呼び合おうと話したのだが、まだ慣れなくて、つい「九条さん」になってしまう。

「し、重春さん。今日はお酒入ってるし、ぼっ、僕が上に乗ってもいいですか？　今日は僕がリードしたいんですっ！」

「綾斗がいろいろしてくれるのか？　それはいいな」

そう言うと、九条は着ているものを全部脱いでベッドに寝転がり、おいでと両手を広げた。

やった！　言ってみるものだ！

意外とすんなりいき、喜んで上に乗る。するとぎゅっと抱き締められ、その締めつけの心地よさにしばしうっとりと浸っていた。

しかし、本番はここからだ。

腕の抱擁はいったん解いてもらい、ズボンと下着を脱ぎ捨て、九条をまたぐ。綾斗のそこはもう事前の妄想のおかげで準備万端で、九条の張り詰めたものをずぶりと受け入れる。久しぶりの体位で上から見下ろすと、九条は目を細めた。

「いい眺めだ」

そう言われて、どきりとする。

自分の顔も、さっきはだけられた胸も、つながった部分も、くまなくじっくり見られている。

いつも見られてはいるが、今は九条が主導権を手放している分、いつになく余裕が感じられた。

その絡みつくような熱い視線に、まるで視姦《しかん》でもされているような気持ちになり、恥ずかしさが込み上げる。それを振り切るように、腰を勢いよく動かした。

「……ああ……いいな。すごくいい」

喘《あえ》ぎ声というより、愛にあふれる甘い声が、まるで小さな子供を誉《ほ》めるように綾斗の鼓膜を震わせ、綾斗の猛々《たけだけ》しい欲望を戸惑わせる。糖蜜《とうみつ》のようなどろりとした液体に、体を置き換えられていくようだ。

「熱くて、私に絡みついてくる……綾斗の中は最高だ」

むせ返るようなアルファの色香に包まれ、ぞくぞくっと背筋が震えた。

なんかもう、これ、自分とは格が違う。

こういう神な九条も痺《しび》れるほど好きなのだが、けど違う、これじゃない。僕が今追い求めてやまないのは、もっとこう、恥じらい的な……！

さっきまで自分が主導権を握っていたはずなのに、いつの間にか九条の色気に呑《の》まれ、操られるように腰を振らされていた。気づいたら、自分が感じる部分を九条の先端にこすりつけている有様だった。

「ああ……っ！」

びゅくっ、びゅくっと自らの劣情が吐き出され、九条の腹の上に白い水たまりを作っていく。

その様を、呆然《ぼうぜん》と見ていた。

まさか得意の騎乗位で、自分の方が先にイッてしまうとは。

九条が笑って腕を伸ばしてきて、綾斗を抱き寄せる。白濁の水たまりが、密着させられた綾斗の体にもぬちゅりとまとわりついた。九条は情事の最中、こういうものでぬるぬるになることを意に介さない。綾斗のがんばりをいたわるように抱き締める。

「気持ちよかった」

「で、でも、重春さん、イッてない……」

「そんなのいい。激しく動いて疲れただろう？　次は違う体位でしよう」

「い、いえ！　今日は僕が……！」

「遠慮するな」

よいしょ、とあっさり体位を逆転される。圧倒的な余裕だった。

とろけるような甘い視線を注がれ、つながったままだったそこを突かれると、その蜜のような快楽にまた溺《おぼ》れそうになる。

「いや……っ、今日は、ほんとに、僕が……っ」

「綾斗、愛してる」

馴染《なじ》んだ九条の律動に、体の奥が共鳴するように震える。出したばかりなのに、また九条より先にイきそうになる。

なんでこうなる……？

僕はただ、九条さんが恥じらう姿を見たかっただけなのに……！

砂糖菓子のような快楽に包まれ、ぐずぐずに溶かされながら、これじゃないぃぃぃ！

と、心象風景の中で蟻《あり》地獄に落ち、ずぶずぶと砂の中に引き込まれていく綾斗だった。

それから六日後の木曜の夜、九条重春は帰路についていた。

今日も仕事でいろいろあったが、問題は順調に片づき、充実した一日だった。つがいになってから、頭は冴《さ》え、何をしても疲れなくなり、同僚も取引先も心なしか以前より協力的になり、仕事は小気味よく感じるほど円滑にはかどるようになっていた。

いいことなので すぐに馴染み、あまり深く考えることはなかったが、思えば大した変化だ。アルファはつがいを持てばさらなる力を得られるというが、これほどのものかと改めて思う。九条の場合は、ずっと童貞でアルファの力が枯渇していた状態からつがいを得たので、その差が大きいのだろう。

プライベートも、結婚の準備で次々とやることがあるのだが、それを負担に感じたことはない。最愛のつがいを日常的に抱いているのだ。毎日が満ち足りていて、この一ヶ月は九条の人生において、かつてないほどすべてが順調だった。

……ああ、そうだ。

一つ用事を思い出し、九条は日野原《ひのはら》に電話をかけた。三ヶ月後に綾斗と結婚式を挙げるので、それに招待するための事前の確認だ。参加確認をするにはまだ早いのだが、日野原には一足早く言っておこうと思った。何せ、綾斗と関係が始まることになった陰の功労者は日野原だったと綾斗から聞いている。電話に出た日野原は、親戚《しんせき》の結婚式がちょうどその頃にありそうなので、確認してから連絡すると言い、後は歩きながら雑談を続けた。

「にしても、三ヶ月後って早いっすね。なんか急ぐ理由でもあるんすか？」

「いや、特にない。もうつがいになっているのだから、早いに越したことはないというだけだ」

「はぁー……え、それって、三ヶ月で全部やるってことっすよね？　結婚式だけじゃなくて、親同士の顔合わせとか、指輪買うとか、新居決めるとか、家具買うとか、なんかいろいろ」

「別に問題ない。三ヶ月あれば充分だ」

「そっすかぁ。つがいになったアルファはすごいっすねぇ」

日野原は感嘆のため息をつきつつ、ふと思い出したように言う。

「そういや白藤のやつ、あんま仕事に身が入ってないっすよ。誰《だれ》かさんが、ヤりすぎなんじゃないっすか？」

「……え？」

「さっきまで俺と残業してましたけどね。なんか最近疲れてる感じっすよ」

「疲れている、というのは？」

「あー、まぁ仕事中、時々目が閉じてて寝てるとか、同じワイシャツを連続で着てくるとか、ぐらいですけど。前はそういうことなかったんで」

「……」

綾斗が今までどういう勤務態度だったかは知らないが、目を輝かせてプログラムの話をしていた綾斗の姿とは齟齬《そご》があった。しかも正社員になったばかりなので、むしろ今は気が張っているはずなのだが。

少し気になり、九条は綾斗の様子を見にいくことにした。綾斗のアパートに向かうと、ちょうど帰宅する綾斗の背中を見つけた。

「綾斗」

声をかけると、ぎょっとしたように振り返られた。

……。

てっきり笑顔で振り返ってくれるものと思っていたので、その反応に戸惑う。

「あ……ど、どうしたんですか？　こんな時間に」

「いや、君の顔を見にいこうと思って」

「え……昨日も会ったのに……？」

確かに昨日の水曜も会っているのだが、思えば綾斗が少し静かだったし、先週末もあまり元気がなかった気がする。何より今、様子がおかしい。

「ちょっと話せるか」

「あ、じゃあ、重春さんの家で」

「いや、久しぶりに君の家にしよう」

週末同居を開始してから、二人で過ごすのは常に、間取りに余裕がある九条のマンションになっていた。

「あ、今、散らかってて」

「そんなのはいい。気にするな」

そう押し切って綾斗のアパートに行き、電気をつけた。

部屋の中は、書類や脱いだ衣服が仕舞われずに雑然と散らかっていた。台所の流し台は汚れた食器で山積みになっていて使えそうにない。洗濯物は洗濯機の中で山になっており、ゴミ箱にはゴミが満杯で入りきらずに、床に落ちていた。

「……」

とても既視感がある。まるで一ヶ月前の自分の家のような状態だった。

それだけに、綾斗の生活が今、普通じゃないというのが一目でわかった。

「どうしたんだ、これは」

「す、すみません」

「謝らなくていい。ちゃんと話してくれ」

綾斗はうなだれて説明した。

まずは、週末同居と水曜の逢瀬《おうせ》で、家事に使える時間が大幅に減った。そして四月から正社員になって仕事が増え、残業が増えた。このため平日は慢性的に寝不足で、週末も九条との情事でやはり寝不足で、特に九条と会う水曜は寝るのが深夜になり、木曜は仕事中によく寝てしまうことがある。

「……」

つがいになって、アルファである自分は大きな恩恵を受けているのに、綾斗にはそんな恩恵はないどころか、私生活がガタガタになっているのを知り、愕然《がくぜん》とする。

そして、そんな話をしている最中に電話がかかってきて、綾斗が慌てて電話に出た。綾斗の母親からだ。

結婚式に誰を呼ぶかという件で二十分ほど話していた。綾斗は終始明るい声で応じていたが、電話が終わるとどっと疲れた顔を見せた。

疎遠だった実家と綾斗の関係は、二人で結婚の挨拶をしにいったのをきっかけに改善に向かっていた。綾斗がアルファとつがいになり、近々結婚するということで、実家にとって綾斗は、「扱いに困るオメガの息子」から「誇れる息子」になったらしい。それがいいか悪いかは別として、綾斗はその変化を喜んでいた。だから九条もよかったのだと思っていたのだが、たとえいい変化であろうと、変化とはストレスだ。

つがいになり、週末同居が始まり、結婚の準備が始まり、正社員になり、今までなかった実家とのやり取りまで発生している。これで仕事に身が入るわけがない。

自分のせいだ、と九条は悔いた。

　自分がつがいになってから何もかもうまくいっていたため、綾斗の負担に気がつかず、無理をさせてしまった。思い返せば、綾斗はつがいになってから、だんだんとおとなしくなっていったような気がする。綾斗が何も言い出せずにひっそり消耗していたのだと思うと、胸が締めつけられる思いだった。

「すまない、私のせいだ。自分のペースで事を進めて、君のことまで考えられていなかった」

「え？　いえ、そんな、僕が要領が悪かっただけで……」

　九条は首を横に振った。

「結婚式を急ぎすぎた。今からでも日取りを変えた方がいいか？」

「いえ、もう親戚にも言った後ですし……。あの、ほんとに、重春さんは何も悪くないです。僕が対応できてないだけで」

「いや、寝不足の原因の一つは、確実に私だろう？」

「まぁ、それは……」

「とにかく、綾斗の生活の大きな負担になっているのは週末同居だ。それを、君の仕事が落ち着くまで控えよう」

「え……？」

「それから水曜に会うのもやめよう。そうした方がいいだろう？」

綾斗はうつむきながら答えた。

「そう……ですね。現状がこの状態ですから……。仕事の勉強とかも、本当はした方がいいですし……」

それから綾斗と話し合った結果、会うのは週に一度、綾斗が金曜の夜に来て一泊し、土曜の夜に帰るだけ、ということになった。

「まずは試しに一週間だ。それで、よくなるかどうかを見よう」

「はい……」

綾斗は申し訳なさそうに肩を落とした。

「すみません。せっかくつがいになったのに、僕がうまくついていけてなくて」

「君が謝ることじゃない。私が君のペースをもっと考えるべきだったんだ」

互いに謝り合って、その日は別れた。


それから翌日の金曜、土曜は、時間を惜しむように過ごした。金曜の夜は体を重ね、土曜は綾斗の家を掃除して、二人で結婚式場に打ち合わせに行き、帰ってまた体を重ねた。

今はそれで満足すべきだとわかっているが、これから一週間会えないのだと思うと寂しさが募り、二人ともなんだかしんみりした。

「そろそろ帰るか？」

あまり遅くまで引きとめてもいけない。あえて九条の方から言うと、綾斗は言いにくそうに切り出した。

「はい……。あの、僕、多分明日ぐらいから、発情期なんですけど……」

……なんだって？

毎月、七日間だけの貴重な時間。

つがいになった今、綾斗の発情期の症状は軽くなった。抑制剤なしだと、発情期の間はずっとヒートを起こしていたのが、性的に興奮した時だけヒートが起きるようになった。生活上の不便はなくなり情事は楽しめる、まさに理想的な形だ。

発情期の間だけは、綾斗も九条に劣らないほどの旺盛《おうせい》な性欲を示してくれる。本当なら、その間は毎日したいぐらいなのに、週に一度という取り決めを守るなら、今回の発情期に抱き合えるのは次の金曜と土曜だけになる。

九条は葛藤《かっとう》した。

本音を言えば、週一の取り決めは一週間延期したい。しかし、ここで「じゃあ、発情期が終わるまでは延期で」などと言えば、きっと取り決めはぐだぐだになる。

「……性的に興奮しなければ、ヒートは起きないんだよな？」

「あ、はい」

「それなら……決めた通りにしよう」

「そう……ですね。二人でゆっくり楽しむのは、僕が生活を立て直した後ですよね」

綾斗は納得していたが、その笑顔はさみしそうだった。

綾斗が心から笑えるなら、いくらでもそばにいてやりたいが、それでは駄目なのだ。今は自分がそばにいても生活を混乱させるだけだ。そう頭ではわかっていても、しょんぼりと帰っていく綾斗の後ろ姿を見送るのは、なんともつらかった。


翌日の日曜の夜。禁欲の初日。

綾斗から携帯端末にメッセージが届いた。

『今日はちゃんと家事をしました。プログラムで気になっていたところも勉強できました』

今日一日会えなかっただけで少し寂しかったので、そんなメッセージがとても嬉《うれ》しい。

『がんばったな』と送ると、『大好きです』というハートマークつきのメッセージが返ってきて、抱き締めたくなる。『私も愛してるよ』とメッセージを返した。

翌日の月曜の夜。

『今日は仕事してて、何度も会いたくなりました』

子犬がごろごろ転がりながら駄々をこねる、動くイラストがメッセージについてきた。

その子犬の動きが妙に胸にくる。発情期だからか、熱のこもった文を送ってくるのもあいまって、今すぐ綾斗の家に押しかけたい気分になったほどだ。だが、こんなイラストに惑わされていては取り決めの意味がない。九条はぐっと我慢して、『金曜には会えるから』と返した。


それから二日後の水曜日。

「なんか月曜ぐらいから白藤がだんだん死んでるんすけど、ケンカでもしたんすか？」

定時後、結婚式の参加はＯＫだという連絡ついでに、日野原からそんな電話があった。

綾斗の会社での様子を聞くと、居眠りはしなくなったものの、先週よりさらに元気がなくなり、「結婚が破談になったのかと思ったっすよ」とまで言われた。

週末同居をやめて時間的な余裕はできたはずなのに、綾斗は元気になる気配がない。では何が悪いのか見当がつかず、頭を抱えるばかりだ。

携帯端末を取り出し、メッセージの画面に目を落とす。

『もう死にそうです』

『私も死にそうだ』

昨日の夜から、二人でそう主張し合い、互いに死にそうなイラストを送り合っていた。最初は微笑ましいイラストだったのが、だんだんリアルになっていき、最後に綾斗が送ってきたのはかなり真に迫ったシュールな絵柄になっている。

……いや、これは何か、方向性が間違っている気がする。

自分の今の感情に合致するイラストを血眼になって探すぐらいなら、徒歩一分のつがいの家に行って、一時間でもやりまくった方がよほど建設的ではないだろうか。

そう思いながら帰宅して、ますます煮詰まってきた。

いつもなら、水曜は綾斗と抱き合える日なのに。しかも今なら発情期なのに……。

そう思うと我慢できなくなり、九条はベッドで自慰を始めた。つがいになってから初めてのことだ。片手で自身をしごいていると、携帯端末にぴこーんと綾斗からメッセージが来る。開くと、『さっき、二回抜きました』と書かれていたので、『私はこれからだ』と書いて、ぎんぎんな息子の写真を自撮りしかけて、すんでのところで思いとどまった。

……本気で何をやっているんだ。

つがいになりたてのアルファを見て、その浮かれ具合を馬鹿かと思ったことはあったが、違う。つがいになったばかりで禁欲すると、もっと馬鹿になる。

もはや「情事は週一」計画は失敗な気がしたが、そもそも綾斗の生活をガタガタにしたのは自分の性欲の旺盛さだという自覚はある。そのため自分から取りやめようとは言い出せず、せめて金曜までもたせて、「一週間やってみたが改善の余地がある」という形にしようと、自身をむなしくしごきながら九条は思った。


そして木曜日。禁欲の最終日の夜。

この日、九条はあまり仕事に集中できず、残業をして帰宅した。仕事で何かあったわけでもないのに久々に疲れ、のろのろと着替える。さっきから何もやる気が起きない。綾斗を抱けるのは明日の夜かと思うと、もう、一日ワープして明日にいきたいと思うほどだ。

もやもやして、また自慰をしようかと思うが、自慰では到底満足できないのは昨日やってわかった。綾斗の体をこの腕に抱き締めないと、欲求不満は収まらないだろう。

その時、テーブルの上の携帯端末が鳴った。

綾斗かと思って拾い上げると、知らない番号だった。誰だ。

「はい」

前髪をかき上げ、つい不機嫌な声で出る。すると。

「あの……こんばんは」

その澄んだ女性の声が鼓膜を震わせた途端、背筋が凍った。

考えるより先に、通話を切っていた。

心臓がばくばくと跳ね上がっている。呼吸さえ、うまくできない。

声の主は、自分の運命のつがいで兄の妻の、衣織《いおり》だった。

なぜ、彼女から電話が。

もう一度かかってきたらどうすべきかと端末を握り締めていたが、それ以後は十分経っても二十分経ってもかかってこなかった。

「……」

そうなってくると、今度は逆に気になってくる。

彼女から電話があったことなど、これまで一度もない。それがかけてきたということは、よほどのことがあったのではないだろうか。

たとえば……そう、たとえば、兄に気づかれたとか。

「……」

弟が、自分の妻の運命のつがいだった。

その事実だけでも充分すぎるぐらいショックだが、それだけではすまない。兄はのほほんとしているが馬鹿ではない。さすがに、弟が妻の運命のつがいだったとわかれば、あの居酒屋で階段から落ちそうになったのは、弟が自分を殺そうとしたからだと気づくだろう。

そう考え始めると、気になって何も手につかなくなる。

かけ直そうか。

そう思って端末を手に取るが、彼女と話して大丈夫だろうかという疑問がよぎる。

さっき声を聞いた時、運命のつがいに強く惹《ひ》かれる感覚があったかどうか、一瞬だったのでよくわからない。理論的には、強く惹かれる要因は匂《にお》いであり、電話なら大丈夫なはずだが、彼女に関して九条は自分を信用できない。彼女と話しているうちに、もし自分がおかしくなったらと思うと、恐ろしくて電話するのもためらわれた。

綾斗に、そばにいてもらったらどうだろうか？

そう思いつき、暗闇《くらやみ》で光明を見いだしたような気持ちになる。

綾斗の家に行って、綾斗がそばにいる状態で彼女に電話をかける。そうすれば、もし自分がおかしくなれば、綾斗がちゃんと止めてくれる。

それが最善だと思ったのに、いや待て、と別の自分がストップをかける。

なんだその、元カノから電話がかかってきて一人で対処できずに、今の恋人にすがるようなみっともなさは。そんな姿を綾斗に見せられるか。

そう思いついてしまうと、途端に「その通りだ」と思ってしまう。情けない姿を見せたくない。それは、アルファとして育った過程で、当たり前のように身についた在り方だった。

アルファだからと驕《おご》る気はない。だが、強い個体として生まれてきた以上、弱音は吐けないという気負いがある。

電話一本ぐらい自分でかけろ。まずいと思ったらすぐ切ればいい。こんなことでつがいの手を煩わせていてどうする。

そう思い直し、再び端末を握り直すが、脈は速くなり、冷や汗がにじみ出てくる。本当にそれでいいのだろうか。

あの日――バレンタインデーに、彼女とキスしている姿を綾斗に見られ、それ以来、自分は綾斗に会いにいけなくなった。あの後、綾斗の運命のつがいが現れるという事件がなければ、そしてそれを兄が知らせてくれなければ、自分はあのまま綾斗と永遠に別れていたかもしれない。

そんな自分を絞め殺したくなるような結末を迎えそうになったのは、自分が弱みを綾斗にさらせなかったからだ。「運命のつがいがいても君を愛している、信じてくれ」と綾斗にすがることができていれば、別れの危機は回避できた。それが今ならわかる。時には自分の弱さを隠さずに打ち明け、助けを請わなければならないこともある。それがあの危機において痛感したことだったはずだ。

綾斗に頼った方がいいんじゃないか？

いや、こんな情けない姿、見せられない。

指が震える。自分は今、どこに電話すればいいのか？　綾斗か、彼女か。

その時、着信音がぴこーんと鳴った。反射的に画面を見ると、死にそうな状態を通り越したのか、綾斗からゾンビのイラストが送られてきた。

「……っ」

思わず笑ってしまう。安堵《あんど》のあまり、涙がにじみそうになった。

君の明るさには、いつも救われる。

九条はもう迷わず、綾斗に電話をかけた。

それから事情を話し、綾斗の家に行った。綾斗の顔を見ると、もういろいろと込み上げてきて、言わなくていいことまで口をついて出てきた。

「兄に気づかれるのはもういいんだ。自分がしたことだしな。でもせめて……気づかれているなら、すぐにでも謝りたい」

「いや、あの……突き落とそうとした直後に部長を助けて自分が落ちてるんですから、そこは多分、謝るのが多少遅れても、九条さんの気持ちは充分、部長に推し量ってもらえると思うんですけど」

「そうだろうか……」

そんな仮定の話をああだこうだ言うぐらいなら、さっさと彼女に電話をかけて確かめればいいと自分でわかっているのに、なかなか踏ん切りがつかない。

「逆の立場なら、九条さん、怒ったりしませんよね？」

「ああ……。怒るわけがない」

「じゃあ、部長だって怒りませんよ。九条さんより部長の方がだいぶ大人だし包容力ありそうですし」

「……言ったな」

「でも九条さんの方が百万倍好きですけど」

そんなことを言われ、思わず笑ってしまった。

「……ありがとう、少し落ち着いた」

つがいに好きと言われたら、もう、何かを怖がってなんかいられない。居間のラグに二人で並んで座り、衣織に電話をかけた。

「はい」

スピーカーホンにしてあるので、声は綾斗にも聞こえる。九条は御守りにすがるように、綾斗の手をぎゅっと握り締めた。その手が驚いたように反応する。

「重春です。先ほどはすみませんでした」

「あ……私の方こそ、ごめんなさい。突然電話して」

どうやら電話の声でおかしくなることはないらしく、普通に会話できている。そのことにまずはほっとしながらも、綾斗の手は離さない。綾斗の方も、きゅっと手を強く握り返してくれていた。

それから、先ほどの電話の用件を聞いた。

運命のつがいは強く惹かれ合うが、互いに他のつがいができた場合、惹かれる度合いはかなり軽減されるという。衣織にも九条にもつがいができた今なら、会っても大丈夫かもしれない。それを試したい、というのが衣織の用件だった。

それが本当だとすれば、朗報だ。

衣織と九条は親戚だ。これからずっと顔を合わせないようにはできないというか、結婚式だって招待せざるを得ない間柄だ。

衣織の申し出はありがたく、来週の土曜に、綾斗と二人で衣織に会いにいくことになった。

そして通話を無事に終えると、途端に緊張の糸が切れ、九条はベッドにもたれるようにずるずるとへたり込んだ。

結果的には一人で対処できる事案だったかもしれないが、綾斗がそばにいてくれて本当によかった。まだ衣織に会うまで事は終わっていないが、綾斗と一緒ならどんなことでもなんとかなる気がした。

そうしてやっと落ち着きを取り戻し……自分が綾斗の手をまだ握りっぱなしなのに気づく。九条は気恥ずかしくなりながら顔を上げた。

「すまない綾斗、こんなことにつき合ってもらって……」

「いいえっ！　このぐらい、いつでも言ってください！」

視線を向けたその先には、九条の手をひしっと握ったまま、目をきらきらと輝かせた綾斗がいた。

……。

なんでこんなに……テンションが高いんだ？

「ら、来週は、つき添いを頼むことになるが……」

「はい！　任せてください！　九条さんがおかしくなっても、僕が引っ張って帰りますから、安心してください！」

頬《ほお》を桜色に染め、アイドルでも見るような目でこちらを見ている。

一週間前、生活に疲れた綾斗を見てショックを受けたのが嘘《うそ》のように、今の綾斗は光り輝いている。

それは——久々に見るチワワだった。

つがいになってから、綾斗はこういう顔をしなくなっていた。それは少し寂しく思っていたものの、綾斗のチワワモードは、プログラムの神様とかいう変な崇拝に起因するものであり、だからちゃんとした恋人になれば、そんな過剰な憧《あこが》れや尊敬のまなざしが消えるのは仕方ないことだと思っていた。

だが、その認識は間違っていたようだ。

だって、今はどう考えても、崇拝されるようなシチュエーションではない。

このチワワの目はそもそも崇拝などではなく、もっと単純に「大好き！」という目だったのだと、九条はやっと気づいた。

じゃあ、どうして今、その目を再び向けてくれているのか。

チワワな綾斗を最後に見たのはいつだったかと必死に思い返す。確か、あのラブホの時だ。ラブホの前後で、自分の何が違うのかと考え、あ、と気づいた。

足だ。

ラブホの時は、まだ足が治りきっていなかった。でもその後は体に不調はない。

骨折していた時と、今の自分に共通すること。それは……。

その共通項に気づき、九条はごくりと唾《つば》を飲み込んだ。

「……君、もしかして、弱ってる人間が好きなのか？」

「え？」

指摘され、目をぱちくりさせたチワワは、慌てて言った。

「いえ、そんなっ、違います！　僕にそんな趣味はありません！　僕は、僕はっ、九条さんが弱ってるのが好きなんです!!　こんなのは、九条さんだけです!!」

「……」

その救いようのない言葉に、どうしていいか本気でわからなくなる。

自分はアルファだ。強くあれと周囲に期待され、自分もその自負を持って生きてきた。そもそも最初に、大学で綾斗の危機に際して奮起できたのも、アルファとして自分が人を助けられることが嬉しく、そのことに救われたからだ。

なのに、愛するつがいに、弱っている貴方《あなた》が好きと言われたら、まさに自分の存在意義に関《かか》わる。

「……わ、わかった……」

呆然としながらも、とにかく言葉を紡ぐ。

「する回数を減らそう……そうすれば私はアルファ特有の力を失う……。君に好きになってもらえるなら、わ、私は、いくらでも、弱くなる……」

言ってみたものの、さすがに悲しくなってくる。これから何を目標に人生を生きればいいのか、皆目見当がつかない。

「いえあのっ、違います！　僕、そんなこと望んでないですっ。僕はただ、ただ……っ」

綾斗は思い切ったように立ち上がり、クローゼットを勢いよく開ける。そしてビニールの巾着《きんちゃく》袋を持ってきて、その中から何かをつかんで取り出した。そして。

「九条さんと、手錠プレイがしたいだけです!!」

ばーんと、目の前に、あのラブホの手錠を突きつけられた。

…………は…………？

「ぼ、僕、最近ずっと考えてたんですけど、かわいい九条さんを見るためには、騎乗位だけじゃ駄目なんですっ！　九条さんが弱くなってくれないと、僕が主導権握れないんです！　だから、あのラブホの時みたいに手錠、かけさせてください！　お願いします!!」

……。

……。

……。

「……一つ聞くが」

あることに気づき、それを恐る恐る口にする。

「最近元気がなかったのは、その騎乗位と手錠について『ずっと考えていた』せいか？」

「あ、はい」

床に顔がめり込みそうなほどの衝撃を受けた。

あまりにもダメージが大きすぎて、すぐには言葉が出てこない。

「だって、あの、九条さんが花束持って帰ってきてくれた日、僕は騎乗位にかけてたんです！　絶対エッチの主導権を握ろうと思って、あの日は一人でスッポン鍋を食べにいったし、マムシドリンクも飲んだんです！　なのに全然主導権を握れなくって、すごくショックだったんです。もうかわいい九条さんは見られないのかと思って……！」

かわいい九条さん。

それはそんなに必要なのか？　と密《ひそ》かに動揺を隠せない。

思えば、「かわいい」と言われるのと、チワワモードはほぼセットのような気がする。

「……いや、とりあえず、そんな悩み……？　悩みがあったなら、ひ、一言、私に言ってくれれば……。花束の日の後にも、何度か君と会ってるわけだし……」

「それはその……ラブホの時、九条さん手錠嫌そうにしてたから、なかなか言い出せなくて。それに、僕がまともに生活できてないってバレて、ますます言いにくくなって……」

九条はもう、無言で両手をそろえ、綾斗の前に突き出した。手錠を持った綾斗が目をぱちくりさせる。

「え……あ、あの、いいんですか？」

「手錠ぐらい、いくらでもすればいい……っ」

「は、はいぃっ！」

綾斗は目をきらめかせて九条の片手に手錠をかけ、「あ、後ろでかけてもいいですか？」と聞いてくる。もうやけくそに頷《うなず》くと、容赦なく後ろ手に手錠をかけられた。

「……」

勢いでOKしたが、手錠なんかかけられたら、途端に何もできなくなる。ラブホのことを改めて思い出し、早まったかと思っていると、綾斗が正面に来た。

「九条さん、それ、いいです……っ」

綾斗は目を潤ませ、はーっ、はーっと息を弾ませていた。

ヒートの兆候が起きている。手錠したらそんなに即なのか。

「ちょっと待っててくださいね。僕、これから使うもの用意するので……」

嬉々《きき》として台所にいく綾斗を見送りながら、これから何をされるのか、若干不安になってくる九条だった。

それから数分後、九条はベッドに座って綾斗をひたすら待っていた。

綾斗はさっきから台所で何かを用意している。水で洗ったり茹《ゆ》でたりする音は聞こえてくるが、ベッドから台所は見えないので、何をしているのかはわからない。

「綾斗、まだなのか……？」

焦《じ》れて、つい台所に声をかける。

九条の顔から首にかけて、露出している肌はすでにうっすらと赤く火照《ほて》っている。つがいとなった今、九条にしか効かない綾斗のオメガフェロモンが、九条の体にじわじわと熱を持たせていた。

なのにさっきから綾斗に放っておかれ、九条の体は刺激を求めてくすぶっていた。自分でどうにかしようにも、背中の後ろで両手を拘束されているため、何もできない。まさに放置プレイをされているような状態だった。

さっきは何をされるのかと不安だったが、そんなことはどうでもよくなってくる。放置されるぐらいなら、もうなんでもこいという気分だ。

「お待たせしました」

ようやく綾斗が居間に戻ってくる。手にはプラスチック容器を持っているが、中身がなんなのかわかる前に、その容器はベッドのサイドテーブルの下に置かれた。

「何を作ってきたんだ？」

「それは後からのお楽しみです」

今日はそれだけじゃないんですよ、と、綾斗はさっきクローゼットから出した巾着袋から、ボトルを取り出した。

「甘い味がするローションです。これ食べても問題ないんですよ。……というか食品ですね。ほら、開封後は冷蔵庫で保存って書いてあります」

「なんだそれは」

「……そんなものがあるのか」

変わり種ではあるものの、アダルトグッズとしては普通だ。何をされるのかと身構えていただけに、少しほっとする。

「ええ。今から九条さんにぬりぬりしますね」

そう言われた途端、九条はベッドに押し倒され、とりあえずとばかりにシャツのボタンをすべて外され、ズボンと下着を剝《は》ぎ取られた。剝《む》き出しになったそれは、もう形を成していた。

……。

自分だけ先に脱いでいることは今までもあり、それに何か思うことは特になくなっていた。しかし、手錠をつけられている状態で裸に剝かれると、全然違う。自分が無力な状況に置かれているという気分になり、ひどく落ち着かない。

弱くなってくれないと主導権が握れないから手錠、というのはわかる気がした。物理的に邪魔されないように、というより、精神的な優位の問題なのだろう。

「ど……どこに塗るんだ？」

「それはもう、ここでしょう」

仰向けになって両膝を立てるように言われ、その通りにすると、綾斗はその間にちょこんと陣取り、九条の勃《た》ち上がったそれにローションをとぷとぷと垂らした。片手で先端を包まれ、そのまま手を竿《さお》にそって下ろされると、ローションは根元までたっぷりと絡みつく。その状態でじゅぷりと音を立てながら下から上にしごかれた。

「…………ッ！」

体がびくっと震える。

ぬるりとまとわりつくローションの感触が、予想外に気持ちよかった。ローションは濡《ぬ》れにくい体質の人が使うもの、という認識しかなかったため、こんな使い方があるとは知らなかった。

「あれ、そんなによかったですか？」

「……ああ」

素直に答えると、綾斗は軽く目を瞠《みは》った。

「……僕、手でしごいてるだけですよ？　どんなふうにいいんです？」

ぎゅっとそれを握り込まれ、上下に動かされる。やはり気持ちいい。

「どんなって……ぬるぬるしてて、気持ちいいな。こういうのは初めて……」

言っている途中で、これは商品の使用感を聞いているのではなく、言葉責めだと気づく。

綾斗の目の色が変わっていた。

「じゃあ、今まで自慰でもローション、使ったことなかったんです？」

「な、ない」

多少恥ずかしくなりながら答えると、綾斗はぶるりと身を震わせた。

「……ほんとに、性に関しては何も知らないんですね……」

綾斗の吐く息が湿り気を帯び、部屋の空気が濃密になっていく。ヒートだ。そのつがいの発情に触れ、九条もラットを起こした。

綾斗の手のボトルが再び上下逆さにされ、今度は九条の袋を目がけてとろりと垂らされる。その蜜は袋の表面をコーティングしながら垂れていき、それを綾斗が待ち構えていたようにぺろぺろと舐《な》め取っていく。

「……ぁ……そ……ッ」

「……ん……九条さん……おいし……っ」

そこを飴玉《あめだま》のように口に含まれて舐めしゃぶられ、動転した。そんな愛撫《あいぶ》があるなんて考えも及ばず、羞恥《しゅうち》で顔が赤くなる。気持ちいいが、そんなところをしゃぶられて声を出すのははばかられ、目をそらし、唇を嚙《か》んで声を嚙み殺した。

すると、綾斗の動きが止まった。

綾斗の唾液《だえき》が九条の足のつけ根を伝って滴り落ちる。オメガフェロモンはさらに濃度を増していた。

「……九条さんがかわいいから、ついイッちゃいました……」

そう言って、綾斗はベッドの上で自分のズボンと下着を脱いだ。露出したそこは残滓《ざんし》が絡んでいるが、それよりも後ろの濡れ方に目がいく。ヒートによるものだろうが、とろとろと尻《しり》から愛液がこぼれている。相当な量だ。

ヒートというのは本能だ。つがいのアルファが目の前にいる状態で、あれだけ濡れていれば、もう飛びかかる勢いで体をつなげてもおかしくないのに、綾斗はそうしない。それは必死に耐えているということだ。

「……私の上に来ないのか」

「まだダメです……九条さん、イかせてないから……かわいい九条さん、全部見てから乗る……っ」

本能に待ったをかけてまで見たいものがある。それは驚きだった。そしてそこまで綾斗が執着するものが自分にあると思うと、頬が熱くなってくる。それは……嬉しい気がした。たとえそれがかわいさという、よくわからないものであっても。

「ああ……ローションが後ろまでこぼれていってる……全部舐めてあげますね……？」

今度は片足の膝裏を綾斗につかまれ、体の方に折り曲げるように持ち上げられた。

「な……」

まるでご開帳のような恥ずかしい体勢になり、反射的に足に力が入る。すると綾斗の手の力はあっけなく押し負け、ぐぐっと足は閉じる方向に動いていく。

「……」

戸惑った。

別に、行為を中断するつもりはなかった。でも、いったん足を閉じかけてしまった以上、それを途中でやめて再び綾斗の手に委《ゆだ》ねれば、それは九条も進んでこの行為を享受している、ということになってしまう。

こんな恥ずかしい行為、進んでしたいわけでは断じてない。だが、さっきまでの行為が嫌だったわけではなかった。

正直に言うと、綾斗の愛撫は変わっているが、何もかもが新鮮だ。自分がこの一ヶ月、いかに代わり映えのしない抱き方を繰り返していたかを反省させられる。自分の愛し方と綾斗の愛し方、どちらがいいかなんて、判断がつかない。

九条は葛藤の末、観念して足の力を抜き、綾斗の手に委ねた。綾斗は少し驚いていた。

「いいんですか？」

「……」

聞かないでほしい。自分だってまだ結論なんて出ていないのだ。でも、ここで中断させるのだけは、違う気がした。

つかまれていた足が、綾斗の意図通り、体につくように折り曲げられる。綾斗はまるで死闘の末に手に入れた宝石箱でも開けたかのように目を輝かせる。それで見ているのが宝石どころか男の股《また》ぐらなのだから、いたたまれないどころではない。これで袋の後ろまでつまびらかに見られることになり、綾斗はやっとありつけたとばかりに、垂れた蜜を追って舌を這《は》わせてきた。

「……ひっ……あ……ッ」

「ここ……感じます……？　蟻《あり》の門渡《とわた》りっていって、神経が集中してる場所なんですよ？」

綾斗が期待するように聞いてくる。そこは、袋から肛門の間だった。

そんな場所を、見られて、舐められている。

恥ずかしくてたまらないのに、九条はされるがままになっていた。足を閉じることはできるとわかっているのに、そうしない。それを綾斗にも知られている。そう思うと顔が羞恥で火照り、火を噴きそうだった。

「……っ……は……ッ」

反射的に手が動き、手錠の鎖が硬質な音を立てる。そんな求め方をされたことはもちろんなく、自分の今までの常識から言えば変態としか思えないのだが、自分の体を愛《め》でられるのは嫌ではなかった。体がどんどん熱くなり、顔をシーツにこすりつけて身悶える。これはラットのせいだろうか？　こんな恥ずかしいことが嬉しいのが、恥ずかしい。

「気持ちいい？」

「……」

綾斗が顔を上げて聞いてくる。それを認めるのはためらわれたが、そこまでしてくれている綾斗に嘘はつけない。九条は震えながら頷いた。

「……ほんと……？」

綾斗がイッた目で笑う。紅潮したその顔は本当に嬉しそうだった。

「じゃあ、今からもっとすごいの、教えてあげますね……？」

そう言って、綾斗はサイドテーブルの下から容器を取り出し、フタを開けた。

それを見て、九条は眉《まゆ》を寄せた。

「……なんだそれは」

「こんにゃくです」

「それは見ればわかる」

普通の板こんにゃくで、底辺近くを輪ゴムで縛ったもの。一見、そのように見える。が。

「オナニー用に加工を施してあるんです」

綾斗がそれを手に取って、底辺部分を見せる。縦に切れ目が入っていて、手で縦に押し潰《つぶ》すように力を入れると、くぱぁ、とこんにゃくが口を開けた。

「……」

一目で使用方法はわかったが、九条の生理的な何かとものすごく合わない。たとえるなら、地球を侵略しにきた地球外生命体が口を開けたようなグロテスクさだった。

「……それは、君のオリジナルの発想か？」

「いえ、割と広く知られてるオナニー方法ですけど、知らないですか？」

「自慰にそんな創意工夫が必要なのか……？」

九条は人体以外のものに自身を挿《い》れたいなんて思ったことはないし、ましてやこんにゃくになど突っ込みたくない。もはや驚きを通り越して畏怖《いふ》に近いのだが、綾斗はその反応を無垢《むく》ゆえだと思い、盛んに興奮している。

「さあ、このこんにゃくを思う存分堪能《たんのう》してくださいっ」

「ちょ、ちょっと待てっ、それはそもそも、一人の時に使うものじゃないのか？」

「僕もそう思ってたんですけど、昨日こんにゃくでした時、これ九条さんにしたらって想像して、すごくたぎったんです！　だから、今日は僕とこんにゃくしてください！」

そう言って、こんにゃくを持ってにじり寄ってくるので、思わずシーツの上を後退《あとずさ》るが、シングルベッドなのですぐに端まで来てしまう。綾斗ははぁはぁ息を荒くしながら、九条の足をつかんだ。

「大丈夫です。すっごく気持ちいいですから。戸惑うのは最初だけです。さあ、このこんにゃくを僕だと思って」

「思えない‼」

そう断言したのに、こんにゃくは容赦なく、ぶじゅりと九条に被せられた。

「……ぁ……ッッ‼」

エラの張った雁首《かりくび》と、輪ゴムで縛って細くなったくびれの部分が強くこすれる。そんな感触は初めてで、予想外の快感を生む。九条は知るよしもないが、フォークで入念に中をかき回して作られた襞《ひだ》が裏筋を効果的に刺激していた。

「九条さん、気持ちよさそう……」

「……ん、な……こと……な……ッ」

否定したいのに、口からこぼれる声は甘くかすれる。

「こういうのもいいでしょう？　後で作り方教えますよ」

「違ッ……！　君にされたら、何をされたってこうなる……！」

誤解されたくなくて必死に言う。確かにこのこんにゃくのカスタマイズには驚いたが、それが気持ちいいのは、綾斗が握って動かしているからこそだ。今もこんにゃく越しに綾斗の力の入れ加減が伝わってきて、それに愛を感じる。これを自分一人でやったって絵的なむなしさが半端なく、最後まで遂行できるかわからない。感じるのは君だからだ。

しかし、発情で目は潤み、熱を持て余した体はこんにゃくの愛撫に敏感に反応している。

こんにゃく愛用者の綾斗には、意地を張っているようにしか見えないのも無理はなかった。

「素直じゃないですね。こんなに感じてるのに、どうしてこんにゃくのよさを認めないんです？」

「いや……だから……ッ！　私はこんなものでイキたくない！」

もうそれがすべてなのだが、綾斗は納得いかなそうに小首をかしげた。

「九条さん、潔癖症なんですか？」

「いや、そういう問題じゃない」

「見た目がそんなに気になります？　じゃあ次からはこんにゃくをペットボトルに入れますよ。そうすれば、こんにゃくに挿れてる感が薄れて、なおかつ持ちやすく……」

「いや、そんな創意工夫はいい!!」

とにかく自分の欲望がこんにゃくに包まれているというこのおかしな地獄から抜け出したいのに、綾斗は諦めきれないのか、熱意のこもったまなざしでひたっと見つめてくる。

「こんにゃくは僕の友達なんですっ！　今まで発情期にはいつも、こんにゃくが僕を慰めてくれました！　僕がマッチングで打ちひしがれていた時も、ひどい派遣先でプログラムに消耗していた時も、いつもこんにゃくが……時に優しく包み込んでくれ、時に激しく僕を……っ」

「いやっ！　そんな話はやめよう！　こんにゃくに嫉妬《しっと》しそうになる!!」

思うに、ヒートとラットを起こしている二人が議論すべきではない。話が際限なくおかしな方向に白熱していく。

「……というか……というかだなっ、なんで人間の恋人がいるのに、こんな、こんにゃくに突っ込まなければならないんだ⁉」

「何言ってるんです？　自慰とセックスは別物です‼」

そこは普遍の真理だとばかりにくわっと目を見開いて主張する自分のつがいがなにげにひどい。いやそれは、恋人に面と向かって言うことなのか……？

「自慰は性を豊かにしてくれるんです。たとえば前立腺《ぜんりつせん》って知ってます？」

突然、医学的な言葉を口にされ、戸惑う。

「いや……？　聞いたことはあるが詳しくは……」

「男なら誰でも、後ろの穴から数センチ指を入れたお腹側に、前立腺を刺激できる場所があるんです。そこを根気よく開発すれば気持ちよくなれるんですよ。アルファでもベータでもオメガでも」

「そう……なのか？」

「試してみます？」

「いや、いいっ」

それからも綾斗の自慰談義が続いたが、その間もこんにゃくでぎゅちゅっ、にゅちゅっとしごかれ続け、さすがに発情した体では我慢しきれなくなる。ついに根元の亀頭球が膨れ上がり、こうなったらもうイくしかないのだが、それがわかっていて綾斗が聞いてくる。

「気持ちいい？」

「よ……よくない……っ」

「じゃあ、やめていいです？」

無慈悲にも、こんにゃくの動きを止められた。

急にやめられると、物足りなくてたまらなくなる。

自分からしてくれなんて、口が裂けても言えないと思うのに、もう限界だった。意地を張れば、いつまでも焦らされるのだろう。

恥ずかしさより、もうどうにかしたいという本能の方が勝った。

「……つ、続けてくれ……っ！」

そう叫んだ途端、こんにゃくが再度ぎゅにゅっと押しつけられ、しごかれる。こんにゃくでイきたくないとか、そんなのはもうどうでもよくなっていた。綾斗の巧みな手の追い上げに、ついに九条は陥落した。

「あ……く……うぅっ‼」

こんにゃくの中に劣情を弾《はじ》けさせる。ラットを起こしているので量が半端なく、それが中を伝って根元にどろりと落ちてきて、自分が汚したのに、汚された感が半端ない。

「九条さん、かわいい……！」

何か負けてはならないものに屈して泣きたい気分なのに、チワワな綾斗が上に乗ってきて、ぎゅううっと抱きついてくる。

「九条さん、すっごくかわいかったですっ」

「……」

「かわいかったですっ」

「……」

「最後まで、かわいかったです……！」

どう言っていいかわからずにいたのだが、なぜか綾斗が感極まって涙ぐみ始め、ぎょっとする。

「なっ……なんでそんな、泣くほど嬉しいんだ？」

「だって……つがいになってから、かわいい九条さん、もう見れないのかなって思ってたんで……っ」

かわいいをそんなにも連呼され、もう向き合わないわけにはいかなくなる。

「私がその……『かわいい』状態じゃないと、駄目なのか？」

「あ、いえ。普段の強い九条さんも、もちろん好きですよ」

それを聞いて、とりあえず死ぬほどほっとする。

「けど、強いばっかりだと、僕なんかがつき合っててていい人なのかなって感じがして……。だから、弱い……というか、かわいい九条さんを見ると嬉しくなるんです。この人は僕のものだ、僕の手の届く人だって、思えて」

「……」

ということは、綾斗はつがいになってから、九条が自分のものだと実感できる機会がなかった、ということになる。

それで……。

意味不明だったチワワの所業の理由がわかり、申し訳なさと愛《いと》しさが込み上げた。

「……手錠、外してくれないか」

綾斗は頷き、サイドテーブルの上に置いてあった鍵を取り、手錠をカチリと外してくれる。やっと自由になった手で、まずはチワワをぎゅっと抱き締めた。

「私は君を噛んだ瞬間から、君は私のものだと実感できているんだが……オメガはつがいになっても、相手が自分のものになったという実感はないのか？」

「……え？　あ、はい。自分が九条さんのものになったっていう実感はあるんですけど」

「そうか……」

つがいとは、アルファがオメガを強制的に自分のものにする関係だ。それをわかっていたはずなのに、自分が満ち足りているから、綾斗もそうなのだと思ってしまっていた。

「私が強いアルファだろうと、私は君のものだ」

綾斗はこくりと頷く。それはもう何度か綾斗に言っていることなのだが、そんな言葉だけで、すんなり認識を変えることはできないということなのだろう。

そうなると、綾斗の言う「かわいい」を無下にするわけにもいかないのかもしれない。

「九条さん……次はこっちに挿れて……っ」

綾斗がこんにゃくを外し、イッたばかりの九条に後ろをこすりつけてくる。そこはもう我慢しすぎてぐちゅぐちゅに濡れていた。

こっちだって、ずっと綾斗に挿れたくてたまらなかったのに、散々我慢させられたのだ。

九条はサイドテーブルの上に用意されていたゴムのパッケージを破り、装着した。

「……覚悟しろよ」

そう言うと、綾斗はもうとろけそうな顔で、ベッドに四つん這いになった。


そして翌週の土曜日。

綾斗は九条と一緒に公園に向かっていた。そこで衣織と会うためだ。

今日は四月最後の土曜日で、ゴールデンウィークの初日だ。今までいろいろあったが、ここで一息つけそうでほっとする。

「大型連休、どこかに行くか？」

「あー……」

　連休中も、結婚式場で打ち合わせはあるし、結婚に向けて準備することはいくらでもある。新たなレジャーの予定などは入れず、空いた時間はのんびりしたい。

「家でだらだらしたいです」

「そうか」

　さっきから、九条はどことなく緊張している。綾斗はもうあまり心配していないのだが、九条はそう楽観はできないのだろう。綾斗はあえて関係ない話をしながら歩き、待ち合わせをしている大きな公園に着いた。

　公園に入ると、衣織はすぐに見つかった。顔を合わせた時は一瞬緊迫したが、九条も衣織も恐る恐る言葉を交わし、問題ないとわかると、ほっと安堵の空気が流れた。

　それから話し合いが行われ、九条が衣織の運命のつがいだということを九条部長に話すかどうかは、衣織に一任することになった。一番大事なのは夫婦の関係だ。言う必要のない秘密もあるだろう。

　必要最低限のことを決めればすぐ解散する予定だったが、衣織が一歳の娘を連れてきており、娘が公園で遊び続けているので、九条と綾斗もとどまって衣織と話した。九条は兄との結婚の際の非礼を詫び、衣織は綾斗の前で九条にキスしたことを詫びた。

それから衣織は部長との馴れ初めを綾斗に聞かせてくれた。話し始めると娘にシーソーをせがまれ、衣織が娘を抱いて一方に座り、綾斗はその近くに立った。余った九条はもう一方に座り、シーソーを慎重に上下させていた。

　部長が大学生の時に二人は出会い、衣織から声をかけたのだという。部長のことは、一目見た時から気になる存在だったそうだ。わかるな、と綾斗は思う。自分も東谷《とうや》弟を見て、そんな感情を抱いていた。優しい部長を衣織がどんなに愛しく思っているかを語った後、衣織は赤面していた。自分が九条になびくことはないと言いたかったのだろうが、後半からはのろけのようになっていた。兄の関わる恋愛話に、正面に座る九条はむずがゆそうにしていて、聞こえていないふりをしながら黙々とシーソーを動かす動力に徹していて、娘にきゃっきゃと笑われていた。そんな九条がかわいすぎて、動画撮りたいと心の中で叫びながら綾斗は穏やかに笑っていた。

　そんな時だ。

「衣織ちゃーん、何話してるのー？」

　マイペースな、のんびりとした声が後ろからかけられる。

　その場が凍りついた。

　振り返ると、この場に一番いてはいけないメガネのお兄さん、部長が立っていた。

「貴方、どうして」

「いやー、ちょっと帰り遅いし、出がけになんか様子変だったから、もしかして僕の衣織ちゃんが逢《あ》い引《び》き⁉　なぁんて思って様子見にきた。あ、綾斗君、お疲れ」

お疲れ様です、と反射的に返しながら、心臓はどくどくと跳ねている。

「でも、なんで重春といるの？」

なんでもないように、核心を突いてくる。

偶然会った、というのは苦しいだろう。

九条の方を見る。九条は顔を蒼白《そうはく》にして、でも覚悟を決めた目をしていた。それを見て、衣織は諦めたように息を吐いた。

「……そうね。貴方だけ蚊帳《かや》の外じゃ、かわいそうだもの」

娘を撫《な》でながら、告げる。

「重春さんはね、私の運命のつがいなの」

部長が、え、と口を開けて弟を見る。

お互いにつがいができたから、もう変に反応しないか会って確かめてたの、と衣織が続ける。

「……ああ、それで……」

おどけたところのない、素の声が部長の口からもれる。

それですべてを悟ったのだろう。居酒屋の階段での出来事の真相も含めて。

「兄さん、あの時は本当に……」

九条が震える声でそう言いかけると、部長が被せるように声を出す。

「あー、あー……、てことは？　衣織ちゃんみたいなかわいい子が、僕に声をかけてくれるなんて何かの間違いじゃないかと思ってたけど、ほんとに間違いだったたんだね」

「失礼ね。私は間違ってなんかないわ」

「衣織ちゃん……！」

そんな即興の茶番を見て、九条はもうぼろぼろと泣いた。それを娘が「あー？」と不思議そうに見ていて、あまりにかわいすぎて動画に撮った。それを見ながら衣織は笑った。

「綾斗君は、本当に重春さんが好きなのね」

「僕の神様なんです」

「それはやめろ」

余計なことを言わせまいと、九条が一瞬で泣き止《や》んで、それを見て全員が笑った。なんだか幸せな一時だった。

すべて丸く収まった後、今度家に遊びにいきますと衣織に言って、お開きになった。

「衣波《いなみ》ちゃん、ほら、バイバイってして」

「ばいばい」

部長に抱かれた娘が小さな手を振り、それに九条も笑って手を振った。

「あれがパパの弟だよ。パパの方がいけてるでしょ？」

「あー？」

「ひどいっ。なんでそんなに正直なの？」

賑《にぎ》やかに帰っていく部長夫婦の後ろ姿を見送る。最後に部長が振り返り、九条を見て手を振っていた。

「衣波ちゃん、かわいかったですね」

「ああ」

さっきの時間を思い返しながら歩道を歩く。

「小さかった」

部長に娘を渡され、九条は壊れ物にでも触るように大事に抱いていた。その時のことを思い出しているのだろう。もちろんその時の写真は撮った。

九条はそれ以上は言わない。けれど、その一言に、いろいろと詰まっているのが伝わってきた。

幸せそうだったな、と思う。部長夫婦も、九条も。

あんな小さな子がいてくれたら、どんな生活になるのだろう。少なくとも、今日のような九条のかわいい姿が、もういちいち写真や動画を撮るまでもなく、毎日のように見られるのだろう。

今度、ラボに出産休暇や育児休暇のことを聞いてみようかな。

そんなことを、ふと思った。


それから、普段とは違う店で夕飯を食べようということになり、電車で少し遠出した後、綾斗は九条と一緒に自分のアパートに戻ってきた。

懸案だった週末同居は、九条の方が綾斗の家に泊まるという形で先週から復活している。そうすれば、九条が綾斗の家にいる間、綾斗の家事を手伝えるからだ。

そんなことで、アルファである九条の手を煩わせるのは以前なら気が引けたが、今はすんなり受け入れられている。水曜に会うのも、仕事が忙しければなしでいいし、週末同居だって、自分の時間が必要なら一日は断ればいいのだと、今なら思える。

つがいになれば、オメガはアルファのものになる。だからつがいになったオメガはアルファに尽くす傾向があり、綾斗もそれに呑まれた上に、そもそも九条は綾斗にとって神様であり恩人だ。九条と取り決めたことは、自分の生活を犠牲にしてでも最優先にしないといけない。そんな気持ちになっていて、だからうまくいかなかった。

今は――変な力みが消えて、ずいぶん楽になっている。つがいになっても、かわいい九条を見ることができるとわかって安心したからだ。

つがいになってから強くなり、どこか遠く感じていた九条を、また自分の手の届く人だと感じられるようになった。やっぱりかわいい九条の効果は絶大だ。

「あ、紅茶入れますね」

台所にスイーツが入った箱を置き、やかんに水を入れる。

外出先でたまたま通りかかった店のスイーツが少し変わった形で、綾斗がそっちばかり見ていたら、九条が珍しく「おいしそうだな」と言い出して買う流れになったのだ。

コンロに火をかけ、寝るまでにすることを考えていてふと気づく。

「そういえば、今日、ベッドどうしましょうか？」

「ああ……」

週末同居を綾斗の家にして、喫緊の課題がベッドだった。九条の家のベッドはセミダブルだったため、まだ二人で眠れたのだが、綾斗のシングルベッドではどうしようもなく……なのに先週二人で無理やり寝て、二人とも寝不足になった。

寝る時だけ九条の家に行くか、九条の家から布団を持ってきて、一人はそれを床に敷いて寝るか。そのどちらかだろうが。

「……ベッドだけ先に買うか」

「いやいや、それするぐらいなら、新居を決めてさっさと二人で引っ越しましょう」

九条の冗談に、そう軽く返したのだが――。

「いいのか？　実は新居の候補をいくつか選んであるんだ。連休に見にいかないか？」

甘く入ったボールを、カキーンと場外まで打ち返すような鮮やかな切り返しだった。

もうそこまで事を進めていたのかと、思わず口を半開きにしてしまう。

ああ連休。

これでまた、忙殺されること確定だなと諦め混じりに思っていると、九条ははっとした顔になった。

「すまない、君の仕事が落ち着くまでは、君を気ぜわしくするようなことは話題にするまいと思っていたのに……」

申し訳なさそうに言う九条に、思わず笑ってしまった。

「いえ、そんなの、結婚するんですから、忙しくなって当たり前です。もちろんいいですよ。新居、もうこの連休に決める勢いで見まくりましょうっ」

「……いいのか？　私のペースで事を進めて」

「全然いいですよ。むしろ、重春さんがごりごり進めてくれるから、僕はすごく助かってますよ？」

強い九条にこれまで圧倒されていたが、今はむしろ頼もしく思うし、ありがたい。

九条はその言葉にあっけにとられているようだった。

「……本当か？　私は、君に負担をかけているとばかり……」

「そんなこと、ないです」

以前、「結婚式を急ぎすぎた」と九条が悔いていたが、その時は気が動転していて、自分の気持ちをちゃんと言えてなかった。

「結婚の準備を着実にしてくれてるの、すごく嬉しいです。負担だなんてとんでもないです。僕の方こそ、ついていくのに精一杯で、感謝の言葉も言えてなくて。ほんとに、いつもありがとうございます、重春さん」

「綾斗……」

九条に後ろからぎゅっと抱き締められる。しばらく、お湯を沸かす音だけがしゅんしゅんとしていた。

「……今日のことは、本当に感謝してもしきれない」

耳元でささやかれる。熱い息が耳にかかった。

「え……僕、何もしてませんよ？」

「そんなことはない。全部、君のおかげだ。兄さんを殺しかけて生きる気力を失っていた私を立ち直らせてくれたのも、私を熱烈に慕ってくれたのも、私を運命の地獄から救ってくれたのも、今の穏やかな幸福をもたらしてくれたのも、全部、君だ」

そんなふうに大仰に言われると照れ、腕の中で身じろぎする。

「……それを言うと、僕も、重春さんに相当助けられてるので、おあいこかなと……」

後ろから腰の辺りに押しつけられているものは、もう勃っていた。九条はコンロの火を止め、綾斗を台所の床に押し倒した。

「し、重春さん……」

九条が笑う。

「呼びにくいなら、『九条さん』でもいいぞ」

「あ、違うんです。前までは『九条さん』の方が親しみがあったんですけど、今はもう大丈夫なので」

九条さん、と口にすると、あの骨折していた時の九条を連想するので親しみがあった。でも今は、つがいになってもちゃんと自分の手の届く人だと思えるから。

「綾斗……」

九条が胸のとがりに指を当ててくる。服越しなのに、その位置を正確に把握していて、ピンポイントでそこをなぞられ、その輪郭を意識させられる。

「今日のことは何かお礼がしたい。ほしいものはないか？」

「あ……でも……おあいこなので……」

「それでもだ」

硬くなった粒をつままれて、ぞくんと感じ、背中が台所の硬い床に当たる。

どうしてこんなところで始めてしまっているかというと、ベッドが狭すぎて使えず、となるとどこでしても同じだからだ。居間のラグに移動しても、床の硬さと気持ち程度の差しかない。ベッドだけ先に買うか、というのは本気だったのかもしれないと今気づく。

「何がほしい？　私にしてほしいことでもいい」

もう片方の胸先も触られ、硬い粒に育てられていく。

「あ……あの……っ」

「どうした、思いつかないか？」

シャツの上から、乳首の形が見えている。それを両方ともつままれ、は……と甘い息がこぼれた。九条の口の端が吊《つ》り上がる。

まるで答えるまでやめないとでもいうような甘い責めに、後ろの奥がじゅんと濡れた。

いつになく強引な九条に、どきどきする。

この前まではかわいい九条が見たいと禁断症状に陥っていたが、それが解消した今、与えられる行為にすぐにのめり込める。いつの間にか、シャツのボタンは外され、下はすべて脱がされていた。

「あ……お、お菓子……賞味期限、今日中なんで」

「……ああ、それもそうだな」

九条はすっと立ち上がると、冷蔵庫を開けた。

「あ……そこにはない……」

スイーツは台所の流し台の上に置いてある。なのに九条は迷いなく何かを取り出して冷蔵庫を閉めた。

「そ、それ……っ」

「どうした、これじゃないのか？」

九条が片手でその蓋《ふた》を開ける。それはこの前使った、甘いローションだった。

戻ってきた九条に、当然のように片足をつかまれて大股開きをさせられ、手に持ったボトルを逆さにされる。ひんやりとしたものがあらぬ場所に垂らされ、それを舐められた。

「……ひぁ……ッ」

「ああ、確かに甘いな」

九条に教えた、蟻の門渡り。自分でも見たことがないようなところを、こそばゆい感覚が這い回る。

「ひゃ……くすぐったぃ……っ」

反射的に足を閉じようとするが、閉じられない。快感に震える綾斗の足の力より、九条の腕の力の方が強かった。

「あ……」

九条が意地悪く笑う。

「お菓子はおとなしく食べられるものじゃないのか？」

動けないよう、今度は両足をつかまれて固定される。そして舌先をとがらせ、じんわりと舐められる。舐め方が強くなったことで、こそばさよりも快感が勝った。

「……ふぁ……っ」

ぶるりと全身に鳥肌が立つ。慣れない快感に身悶え、反射的に逃げたくなるが、それは叶《かな》わない。押さえつけられ、そのじれったい快感を強制的に与えられ続ける。その被虐の悦《よろこ》びに、ずくんと体が疼《うず》いた。

「あ……や……そこばっかり……っ」

「今日中に食べろと言ったのは君だろう？」

ソフトクリームのように舐められ続け、体がとろけそうになっていく。触れられてもいないのに、前の芯《しん》もすでに勃ち上がっていた。

ちらりと自分の下半身を見やり、見ていられずに目をそらす。すごい格好だ。足をカエルのように折り曲げられ、股に食品のローションを塗られて舐められ、はしたなく感じている。しかも台所で。明日から、台所に立つたびに思い出してしまいそうだ。

恥ずかしくてたまらないが、足は封じられているので、自由になる手を九条の頭に回し、その髪を乱すぐらいしかできない。

「は……ぅ……そこ……ゆるして……っ」

「先にしてきたのは君じゃないか。それにこんなこと、君はいくらでも経験があるんだろう？」

綾斗はぶるぶると首を横に振った。

「さ、されたことないです、そんなとこ、舐められるなんて」

「え？」

「知識として、知ってただけです……っ」

意地悪に笑っていた目が、瞠られる。

「……じゃあ、私が初めてか？　ここは」

「え、ええ……」

すると、九条は一段と執拗《しつよう》にそこを舐め始めた。それと同時に昂《たかぶ》りも握られて裏筋をこすられ、ずくんと快感が込み上げる。

「や……もう……っ」

じゅわ、と後ろの穴から愛液が滴るのがわかる。けれどそっちには何もしてもらえず、もどかしくて、そこがひくひくと蠢《うごめ》く。至近距離で九条に見られているというのに。

「綾斗……」

荒い息づかいが台所の空間を満たす。九条はズボンの前をくつろげ、その淫《みだ》らな窄《すぼ》まりにたぎったものを突き入れた。

「は……ぁ……ん……ッ！」

ずちゅりと卑猥《ひわい》な音がする。待ち望んだ圧迫感は、だが、奥までは来てくれなかった。

「……？」

硬い先端が、中を探るように動く。そしてある場所を突かれると、びくんっ、と体が反応した。

「あっ……」

「数センチ腹側、だったか」

そこをこすられると、電流のような快感が体の中を駆け上がった。

「……ふ……ぁ……ッ」

それはシャツの布を押し上げている乳首にまで到達し、ぞくぞくっと体が震える。

九条に教えたことは、全部自分に跳ね返ってくる。それを身をもって知った。

「ここか。君のいいところは」

確かめるようにそこを執拗にこすられ、綾斗の体はびくびくと反応する。でもその刺激だけではイけず、もどかしさに身をよじった。

「……や……もう……っ……もう……ッ」

すがるようにねだると、いきなりずんと深く押し入られた。

「んぅぅぅ……!!」

ほしかったものがやっと奥まで与えられ、ぶるりと体が震える。そのまま激しく突かれながら、乳首を指でつままれ、押し潰され、綾斗ははしたなく喘いだ。

「あ……もっと……かき回して……めちゃくちゃにして……ッ」

奥までみっちり入れられた九条の欲望がさらに張り詰め、綾斗の中を何度も蹂躙《じゅうりん》する。

「あぁ……あぁぁぁぁぁ!!」

脳天まで突き抜ける快楽に頭が真っ白になり、びゅくっ、びゅくっと自分の腹に劣情の水たまりを作る。中の九条もほぼ同時に達し、奥に熱い飛沫《しぶき》を放った。

はぁ、はぁ、と二人で荒い息を吐く。目が合うと九条の表情が緩んだので、綾斗もつられて笑顔になった。床に散らばった下着をたぐり寄せ、白濁をぬぐって上半身を起こす。

先週末も昨夜もエッチはしたが、濃厚なものではなく、触れ合いの延長のような軽いものだった。多分、衣織から電話がきて以降、衣織に会って確かめるまで九条は気を揉《も》んでいたのだろう。

思えば今日、九条は運命の呪縛《じゅばく》からやっと解き放たれ、何より兄と和解できたのだ。どんなにほっとしただろう。普段と違う店に遠出したり、珍しくスイーツを買ったりしたのはそういうことだったのかなと思う。

「今日、ほんと、よかったですね」

部長と和解できて、と言おうとしたら、九条が目を細めて笑った。本当に幸せそうに。

「ああ、やっと君だけのものになれた」

――あ。

そんな言葉がくるとは思わず、一瞬あっけにとられ――完全に、やられた。

もう運命のつがいに振り回されることはなくなって、出てくる言葉が、それなんだ。

アルファはオメガを自分のものにできる。普通ならそれでアルファは満足するのに、九条は違う。自分もこれで相手のものになれたと喜ぶ純粋さに、心を打たれた。

この人は、僕のものだ。

その実感が、歓喜とともに込み上げてきて、胸が熱くなる。

オメガがアルファを自分のものになったと感じられなくても、問題なんてなかった。

僕は、こんなピュアな人を知らない。

「重春、さん……」

「ん？」

甘い声を返してくるこの人が愛おしくて、綾斗はぎゅっと抱きついた。

弱い九条はかわいくて、強い九条は遠くに感じる。――そんなの、思い込みだった。

強くても弱くても、僕の重春さんなんだ。

そう腑《ふ》に落ちて――つがいになってからの、九条がすごすぎるとか、自分は九条についていけてないとか、もろもろの不安や焦りがすぅっと消えた。

「綾斗……」

熱い視線が絡み合い、唇を重ねる。そして改めてここが台所の床だと思い出し、二人で苦笑する。九条が膝裏に腕を入れてきて、よっと抱き上げられる。綾斗も九条の首に両手を回した。

シングルベッドまで運ばれ、お姫様を扱うように恭しく下ろされる。狭いけど、もうそれでもよかった。九条も隣に仰向けになり、二人で密着した。

「……なぁ、私の、その……かわいい姿を見たいっていう話だけどな」

それを九条の方から切り出され、どきっとする。見ると、少し改まった空気を感じた。

やばいこれ、真面目《まじめ》な話だ。

やっぱり恥ずかしいから嫌だとか、そういう話だろうか？　もしそうだとしたら……。

これまでなら、かわいい九条を見ると僕のものだと思えて安心するから必須《ひっす》だと主張できたが、その問題は今、解決してしまった。

となると。

どうしよう、もうかわいい九条は見られなくなる？　そんなの嫌だ、と焦る。

だって、かわいい姿を見たい理由なんて、「かわいいから」だ。不安が消えても見たいものは見たい！

もし交際を始めた時点で今の心境だったなら、普段の強い九条だけでよかったかもしれない。けれど、もう自分はかわいい九条を知ってしまっている。知っている以上、これからも絶対見たい!!

けれども、九条が嫌がるならもう強要はできない。この前は押せ押せでこんにゃくを被せられたが、あれは頭がヒートで沸騰していたからできたことだ。

死刑判決を待つ被告のような気分で次の言葉を待つ。九条はためらいながら言った。

「私も別に……嫌じゃないから」

「え……っ、ほっ、ほんとですか!?」

ぱぁぁぁっとピンク色のハスが、心象風景の中で花開いてどこまでも広がっていく。九条は目をそらしながらも頷いた。

「君はうまいし……変わったことをしてくるし……散々焦らされるから、後が燃えるし……。それに、き、君にされることが、嫌なはずがないだろ……?」

九条の周囲に、心象風景に収まり切らなかったハスが咲いている。顔を真っ赤にしながらも、きちんと気持ちを教えてくれるのがもう感激だった。さっき一回戦を終えたばかりなのに、ぎゅいんと欲望ゲージがマックスになる。

「あ、あの……っ」

先ほどエッチの途中で思いついたものの言えなかったことを、この流れなら言えるとばかりに口にする。

「さっきの、『何かお礼がしたい』って言ってくれた件……これからも手錠プレイさせてくれるっていうのでも、ありですか？」

夜景の見えるレストランで食事的なリクエストを期待されている気はしたが、ここはもう素の願望を前面に押し出した。その結果、……ベッドで背を向けられた。

「君はずるい」

「えっ」

恨めしそうな声で言われ、やらかした？　と一瞬焦ったが。

「そんな嬉しそうな顔でお願いされて、断れるか……っ」

きゅうんっ、と胸が高鳴った。

この人は本当に僕のものなんだという、掘り当てた温泉のように湧き上がるこの喜びをどうしたらいいいんだろう。

「言っておくが、毎回はしないからな！」

その釘《くぎ》の刺し方に、さらに胸のきゅんきゅんが止まらなくなる。

一ヶ月に一度とか言われるかと思ってたのに、毎回はしないって、条件が緩すぎませんか重春さん!?

萌《も》え死にそうになりながら、綾斗は気づいた。

九条は経験がないから、アルファとオメガはこういう関係を結ぶもの、という固定観念がないのだろう。

ああ願わくば、性事情に関しては、ずっと明るくないままでいてほしい。間違った知識を蓄積し続けて、かわいい姿を見せてつがいを喜ばせるのがアルファの男気、ぐらいの境地に達してほしい。

「重春さん、ほんと、かわいい……っ！」

「……」

向けられた背中にぎゅっと抱きついて、体をすりすりする。

「僕は、貴方よりかわいい人を知りません……っ」

「……」

「重春さんは僕の……僕の天使です……!!」

「いや頼むからもう人間にしてくれ」

抱きついた体がこちらに向き直り、綾斗の三倍ぐらい強い力で抱き返される。そしてこれ以上何も言わせまいとばかりに、過去最高にディープなキスで唇を塞《ふさ》がれた。

あとがき

はじめまして、またはこんにちは。不住水《ふじみ》まうすと申します。

このお話は、オメガバースのリーマンもので、真面目なアルファ×攻めに憧れるオメガです。というか、「攻めが恥ずかしい目に遭う」お話です。

真面目な男が恥ずかしい目に遭う。このシチュがもう大好きで、そういうＢＬは多数あるのですが――――「受け」なんですよ。

このシチュで、恥ずかしい目に遭う男が「攻め」だった作品をほとんど見たことがありません。受けでも好物なんですが、自分が本当に好きなのは攻めのパターンです。

ではなぜ、受けではなく攻めでなければいけないのか。

かっこいい男が恥ずかしい目に遭うのが好きなんですよ。

じゃあ攻め×攻めのパターンでいいじゃないかというと、ちょっと違うのです。攻め×攻めだと、やはり「受けになる攻め」より、「攻めになる攻め」の方がかっこよくなります。そうではなく、作品内で一番かっこいい男が恥ずかしい目に遭うのが好きなんです。

作品内で一番かっこいい男とは、攻めです。なので恥ずかしい目に遭う男は受けではなく、攻めであることがベストなのです（自分的に）。

じゃあその攻めを責めたてる相手は誰なのか。

受けです。受けしかいません。

なので攻めが受けに恥ずかしい目に遭わされるＢＬが萌えなんです!!（あ、攻めがリードする濡れ場もちゃんと込みで、です）

それと、「攻めとして成長していく」攻めが好きです。恋愛から遠ざかった状態から始まって、受けによって救われて愛を知り、最後は受けを溺愛する立派な攻めになる！　そしてその溺愛の結果、九条はこれからも末永く恥ずかしい目に遭うという……お幸せに！

自分の既刊では、『マゾな課長さんが好き』がこれらの萌え全開です。真面目な課長×元女王様の派遣社員で、攻めをいかに恥ずかしい目に遭わせるかに全力を注いでおります。

小路龍流《こうじたつる》先生、美麗なイラストに感謝です！　表紙の攻めの色っぽさにふぉぉぉぉぉってなりました!!　そして担当様、書く機会を与えてくださってありがとうございます！

そして何より、この本を読んでくださった皆様、本当にありがとうございます!!　ご感想などありましたら、ぜひお聞かせください。そしてこの超マイナーな萌えを分かち合ってくださる同好の士の皆様、どうかこれからもよろしくお願いします……！

二〇一九年七月　　不住水まうす

本作品は書き下ろしです。

ラルーナ文庫

この本を読んでのご意見・ご感想・ファンレターなどお待ちしております。**〒111－0036 東京都台東区松が谷1－4－6－303 株式会社シーラボ「ラルーナ文庫編集部」**気付でお送りください。

真面目《まじめ》なアルファさんをオメガが熱愛《ねつあい》します

2019年10月7日　第1刷発行

著　　者｜不住水《ふじみ》まうす
装丁・DTP｜萩原 七唱
発 行 人｜曺 仁警
発 行 所｜株式会社 シーラボ
〒111-0036　東京都台東区松が谷1-4-6-303
電話　03-5830-3474／FAX　03-5830-3574
http://lalunabunko.com
発　　売｜株式会社 三交社
〒110-0016　東京都台東区台東4-20-9　大仙柴田ビル2階
電話　03-5826-4424／FAX　03-5826-4425
印刷・製本｜中央精版印刷株式会社

ISBN978-4-8155-3221-5